海瑞当官

寒川子 著

河南文艺出版社
·郑州·

图书在版编目(CIP)数据

海瑞当官/寒川子著. --郑州:河南文艺出版社,2023.9

ISBN 978-7-5559-1536-2

Ⅰ.①海… Ⅱ.①寒… Ⅲ.①长篇历史小说-中国-当代 Ⅳ.①I247.5

中国国家版本馆 CIP 数据核字(2023)第 160647 号

选题策划	党　华　葛云峰
责任编辑	张　阳
责任校对	梁　晓
图书设计	张　萌　李茂国
封面题字	张兼维

出版发行	河南文艺出版社	印　张	17
社　　址	郑州市郑东新区祥盛街 27 号 C 座 5 楼	字　数	174 000
承印单位	河南瑞之光印刷股份有限公司	版　次	2023 年 9 月第 1 版
经销单位	新华书店	印　次	2023 年 9 月第 1 次印刷
开　　本	700 毫米 × 1000 毫米　1/16	定　价	49.00 元

版权所有　盗版必究

图书如有印装错误,请寄回印厂调换。

印厂地址　河南省武陟县产业集聚区东区(詹店镇)泰安路

邮政编码　454950　　电话　0371-63956290

目录

第 01 章　风雪不速客......001

第 02 章　家中无小事......018

第 03 章　乐坊弹琴女......026

第 04 章　热脸冷屁股......032

第 05 章　击鼓鸣陈冤......041

第 06 章　拜印不拜神......056

第 07 章　快手断积案......068

第 08 章　算计栖凤楼......080

第 09 章　奶孙互抱怨......087

第 10 章　又到春荒时......103

第11章　树威海青天......114

第12章　胡府公子爷......141

第13章　智断棘手案......163

第14章　铁心动铁案......180

第15章　翻案省府衙......198

第16章　刑狱审汪直......212

第17章　自信何算盘......228

第18章　总督胡宗宪......233

第19章　军营对局人......243

第20章　善恶终有报......248

第01章

风雪不速客

公元1558年正月末的一个傍黑，时入初春，万木萌动。而在浙江省严州府辖下的淳安县治所在地贺城，非但不见暖风拂面，反倒迎来朔风啸啸，乌云蔽天。天与地连成灰蒙蒙的一体，冰冷的风刀直向人的领口里割。

淳安人晓得，倒春寒来了。

贺城始建于东汉末年，创建者为东吴国新都郡的郡守贺齐，之后几经毁、建，至大明中叶，俨然成为浙西南第一城邑。老城北依灵岩山，南濒新安江，城西、城东各伏一条带状人工湖。城西湖引来灵岩山的泉水入注，满溢后经由两条东西贯通的人工渠注入城东湖，再经由一条人工渠注入新安江，致使贺城活水环抱，形成天然的山水防御体系。据说贺城初建时有城墙两围,外围立以木栅,内围砌以石墙。外人入城,首先看到的是外围,因而贺城别名木栅城。

在这个冷风扑面的黄昏,在东郊青溪桥东的迎官亭上,赫然在目的是"青溪砥柱亭"五个金字。亭子中间是一张圆形石几,石几周边是四只石凳,亭子四周则以围栏为背,设置一圈藏红色的长凳,泛着新近刷过的漆光。四只石凳早被贴心的仆从铺上厚厚的毛皮,在毛皮上就座的是淳安县衙四大主事人,县丞吴仁、主簿罗元济、教谕林兆南与典史胡振威。衙中的其他僚属,外加训导、生员、绅商等淳安各界头面人物,或坐在周边长凳上,或站在空地上,无一不是毛皮裹身。

亭子阔大、通透,夏天倒是凉快,但在这呼呼朔风中,每一刻都是煎熬。迎官亭的旁侧是个停车场,场上停满车马与轿子。几辆停不进的,一顺溜儿扎在官道右侧。

"来了,来了!"在望塔上照高的礼房经承娄义大叫一声,溜下梯子,边搓手边朝手心里呵气,不无兴奋地看向东方,"看,总算是露头了!"

人们纷纷站起,顺着他的手势望去。

雾色苍茫中现出一簇黑影,隐约听到铃铛声。

众人兴奋起来,纷纷离开亭子,站在马路上,将马路堵个严实。

黑影移近,却是两辆带篷的农家牛车,一看就知是进城串亲戚的乡巴佬。

"娄经承?"打首的吴仁紧紧衣领,转向站在身后的娄义,声音明显不悦。

"这……"娄义也傻眼了。

说话间，两辆牛车已到跟前，铃铛声响得越发欢实。两个车夫各赶一车，车后各跟一人，个个农家棉袄裹身，头戴护耳的毡帽。

"让开，让开！"吴仁悻悻地退到一侧，走回亭里。

众人也都避让，纷纷退回亭中。

两辆牛车在打头车夫的一声响鞭下，在一众官吏的唉声叹气中，沿着官绅们腾出来的官道扬长而去。跟在第一辆车后的中年男人朝这群锦衣人斜睨一眼，脱下毡帽，朝脸上扇几下，显然是走得热了。

"娄经承，"待铃铛声响远，吴仁看向娄义，提高声音，"一大早的，你就报说海大人要在申时赶到，这都酉时了，鸦雀也都归窝了，我这老眼瞎了咋的，哪能就看不到个影子呢？"

"是呀，小娄，不能耍我们哟，这鬼佬天气，冷死人哩！"坐在对面的典史胡振威接道。

"禀报二位大人，"娄义裹紧衣领，"州府传票说是海大人将于今朝赴任，建德县的驿丞也发来传票，说是海大人昨日凌晨就已上路。建德驿离此不过百四十里，再怎么走也当在今日申时赶到，这辰光未到，想必是途中耽搁了！"

"好事多磨哩！"吴仁笑一下，摇摇头，看向左侧的教谕林兆南，半是自语，半是征询，"兆南兄，你门下的弟子多，路道广，这位海大人是何方神圣，能否透个气？"

"不瞒仁兄,"林教谕回他个笑,拱手应道,"其他兆南不知,这位海大人呀,兆南倒是有所风闻。"

"哦?"

"海大人姓海名瑞,字汝贤,号刚峰,是打荒蛮地界来的。"

"荒蛮地界?"吴仁眯起眼。

"广东琼山县哪,在大海之南的琼州府治下。"

"照你这么说,是够荒蛮的了。"吴仁笑了,"能从琼州来,是鲤鱼跳过龙门了!"

"没有跳过呢。"林教谕淡淡一笑,"说是海大人进举后连跃数次,皆未过门,死心了,入册吏部,获任南平县教谕,足职四年,今朝是从南平来赴任的。"

"哎哟喂,"吴仁乍然吃惊,声音里带着醋腔,"这个本事大哩,胜过跃门!"

"是着哩,"林教谕迎合一句,"海大人当是有些能耐!"

"对了,"吴仁盯住林兆南,"如果在下没有记错,林兄履职淳安教谕,职守亦足四年了呢。"

"兆南德浅,让吴兄见笑了。"林教谕脸上堆笑,"再说,若论资质,单在淳安,说死也轮不上我林兆南呀!"看向对面的主簿,"吴兄姑且不论,单是元济兄,资历也不在兆南之下,是不?"

罗元济笑笑,转过脸,紧紧衣领。

"元济兄,"吴仁看向罗元济,"说个正经的,海大人既已上路,就没有中途折返的理。他这来了,如何接待,在下听你的!"

"吴兄客气了!"罗元济笑道,"不管是谁来,照规程走没错。"

"甚好。"吴仁转过头,看向远处。

天渐渐黑了。

"吴哥,还等不?"胡振威耐不住了,声音很大。

"等!"

一众贵人在寒风里又候半个时辰,远远传来皂役的叫声:"吴大人,吴大人,县太爷到县衙里了——"

众人皆惊,纷纷看向吴仁。

"晓得了!"吴仁大声应过,转对众人,"你们到栖凤楼候着,我们这就去恭请海大人!"

吴仁、罗元济、胡振威、林兆南乘坐车辆,急回县衙,飞步赶到内宅。

"海大人,海大人!"吴仁一进内宅的门就叫起来。

海瑞正在安顿家小,闻声迎出,拱手道:"海瑞见过诸位大人!"

早有吏员张起灯光,内宅庭院里一片辉煌。进门诸人无不官袍在身,体面光鲜,反观海瑞一身农家老棉袄,风尘仆仆,连胡须也是凌乱的,就如乡野村夫一般无二。

吴仁也早认出他是方才跟在两辆牛车后面拿毡帽扇风的人,迟疑一下,拱手:"淳安县丞吴仁见过海大人!敢问海大人,可有吏部签发的诏命文书?"

海瑞从衣袋里摸出诏命文书，递给吴仁。

吴仁拿出严州府转发下来的红谕，与之核对，确证无疑，方才深吸一气，长揖："下官吴仁见过海大人！"

罗元济三人也都见礼。

"海大人，"吴仁接道，"按照规程，大人今晚要歇于城隍庙里，明晨祭拜城隍，再入县衙行祭受印。淳安县属僚、士绅数十人等，已在栖凤楼恭候大人，为大人设宴接风！"

"洗尘宴席由何人出费？"

"这……"吴仁怔了下，"依照规制，由县衙礼房出费。"

"要是此说，"海瑞拱手，"这个尘海瑞就不洗了，烦请大人撤下此宴。至于祭拜受印诸事，海瑞依从规制。只是，"指向自己的鼻尖，露出个苦笑，"海瑞自南平来，奔波于途三十余日，精神委实不振，或会怠慢神灵，可容在下缓气三日，再行祭拜如何？"

"就依大人！"吴仁赔出笑脸。

"辰光不早了，"海瑞拱手作揖，"海瑞困顿，不留诸位叙话了！"一个转身，大步走进内宅。

四人面面相觑一阵，悻悻走出内宅。

胡振威急了："算盘哥早把宴席备好了，几十人都在候着呢。"

吴仁看向林兆南与罗元济："你们说，哪个能办哩？"

林兆南看向罗元济。

"吴兄，你说！"罗元济朝吴仁拱手。

"规矩不能破,"吴仁略略一顿,语气凝重,"今天的事,动静闹得大。晓得海大人来,县城里能去迎的都去了,洗尘酒是不能不喝的。海大人特意提到出费的事,这场酒钱就不能走礼房了,由我个人的俸银里出。海大人旅途劳顿,偶感风寒,不便到场,也由在下代为致谢,诸位意下如何?"

"酒钱算我一份。"罗元济应道。

"诸位甭争了,"见林兆南也要表态,胡振威扬手止住,"这几席酒,我让算盘哥请客!"

"嘿,"吴仁指他笑道,"总算是憋出你的这句话了!"

众人皆笑起来,抬腿走出县衙。

入夜,北风裹着雪粒子落下来。

位于贺城东南部的城隍庙院后门外面有条小巷,疾风顺巷吹来,将挂在"杨家乐坊"院门上的两盏红灯笼吹得左右晃荡,其中一盏突然燃起,爆出明火。

明火随风蹿动,眼看就要引燃门楼。

巷中一人正在疾步行走,望到火光,飞奔起来。

那人冲到灯前,将晃动中的火团一把扯落到地,边踩边叫:"来人哪,快来人哪,着火了!"

不踩还不打紧,经他一踩,那火反倒越发烧燃。一阵风来,整个火团被吹进门楼。门楼里刚好堆放一些杂物和一小堆干燥一冬的木柴,被点燃后形成更大的火势,里外进出不得。

听到叫声,坊里冲出十多个乐工,见这状况,全都吓呆了。

正自危急，两道黑影一前一后飞奔过来。前面一道黑影冲向门洞，将一床湿淋淋的被子如撒网般罩在火头上，压住火势，跟后一人照被子就泼一桶冷水。二人的动作一气呵成，就如同演练过似的。众人一下子清醒过来，纷纷寻找救火工具，又是扑打又是泼水，不消一时，所有明火皆被扑灭。

风住了，雪花落下。

火警解除，众人纷纷回进厅里。

厅里亮着灯火，不少人穿的还是演出服，化着浓妆，显然方才正在排练。

最先发现火情的人年四十来岁，是乐坊主杨承志。他的脸被烧到了，一道眉毛烧没，右侧头发也被烧掉一些，发出刺鼻的烧焦味。好在伤势不重，杨承志就如没事人似的。

众乐手纷纷围住他，一个老乐工声音急切："承志，打紧不？"

"不打紧的！"杨承志朝众人拱手一周，"谢谢各位了！"略顿，"诸位师傅，我刚得到准信儿，明朝城隍庙的祭礼暂时取消，改为三日之后。大家可以回家了，雪不小哩！"

"咦，不是来个新太爷吗，哪能取消呢？"有人问道。

"正是新太爷的吩咐，娄经承让咱继续筹备！"

众人散去。

杨承志闭目有顷，到储藏室里取出两床新被子，走向后院的耳房，轻叩房门。

门开了，一个女孩子略显吃惊："杨叔？"转头说，"阿妈，杨叔来了!"

耳房共是两间,一间做外堂,一间做卧室,外堂里摆着吃饭用的小桌子与两张矮凳,靠墙处立个简易锅灶。

正在里间卸妆的中年女人走出来。

杨承志将两床被子放在桌上,朝女人并孩子各揖一礼:"阿嫂,亚丁小姐,承志谢你们了!要不是你俩,乐坊就算没了!"

女人叫施柳氏,女儿叫施亚丁,方才正是她们母女在危急关头分工合作,扑灭火头的。

"要谢坊主您呢!"施柳氏回个揖,看向两床新被子,笑道,"我正盘算卸完妆就向坊主求床被子!"

"阿嫂呀,"杨承志又是一揖,语气真诚,"您千万甭再说这求字,承志受不起哩!阿嫂无论需要什么,尽可吩咐承志,凡承志照顾不到处,也请阿嫂多多宽谅!"

"坊主客气了!"施柳氏眼圈儿一红,"我娘儿俩落难,蒙坊主不弃,已是感恩不尽了!"

"阿嫂呀,"杨承志也是伤感,"前些年,是阿嫂并施大哥明里暗里照顾我等贱人,让我们有口饱饭吃,今朝阿嫂……承志真不知如何报答才是!"

"什么贱人呀!"施柳氏苦笑,"就那辰光,士农工商,商人不过是手里有几枚拿命换来的臭铜板,在南在北,在朝在野,处处是有人欺有人骑呢!你施哥这又遭难了,留下我们这苦命的娘儿俩……怕是再无翻身之日了!"

"阿嫂,"杨承志擦去泪水,看向施柳氏尚未卸尽的妆痕,

"说个事儿。方才我去栖凤楼寻娄经承问这几天新太爷庙祭的事儿,让账爷叫去了。账爷说,下官贤巷的乐器铺子经营不继,年前盘给栖凤楼了。账爷不晓得乐器,让我帮他照管,我说乐坊里都是乐工,不会经营铺子,怕赔了账爷的钱。账爷提到阿嫂,那意思是将这铺子交给阿嫂!"

施柳氏抿紧嘴唇。

"阿嫂呀,"杨承志压低声音,"是桩好事儿。阿嫂就不说了,单是小姐,一直守在乐坊里也是屈了。经营那家铺子,好歹是个职事儿。我忖摸,或是账爷念及旧恩,特意照顾阿嫂并小姐的。账爷这人不错,早晚说起施大哥与阿嫂来,总是语气敬重,叮嘱我不可屈待呢!"

"我娘儿俩这成贱籍了,去他的门店,他就不怕辱没了生意?"

"哪能是辱没呢?"杨承志急道,"账爷是好意,再说,那铺子也不比其他铺子,来买乐器的大多是我们这些贱籍乐工,这也是账爷将铺子托我们照管的来由。"

"好吧,"施柳氏应下,换过话头,"账爷他……生意好不?"

"唉,哪能会好呢?"杨承志轻叹一声,"账爷虽说账头清,可生意是另一码事儿。再说,施大哥一遇难,老客户就没了,听说账爷按照施大哥的名册一家一家寻过去,没有一家认他的。至于福建等处靠海的生意,经倭寇这一闹,全泡汤了。别的不说,单说施大哥的十几艘货船,大半年来搁浅在东湖,船工们赚不到钱，不少人寻思别的活路了。唯一撑着的是阿嫂的栖凤楼，也主要得济于衙门生意，记账的多，现结的少。阿嫂当年聘请的掌勺师傅，能做闽菜的几个全走了，上好的闽菜做不出来，不少吃家抱怨呢。"

"承志，我求问个事儿，"施柳氏转换话头，"新太爷为啥要改祭典日子？"

"娄经承没说因由，"杨承志应道，"不过，听账爷说，今朝的事儿奇呢，满县城的贵人们聚到栖凤楼里为太爷洗尘，光酒席就摆下五六桌，可新太爷没有光临！"

"哦？"

"还有更奇的，贵人们都去接官亭迎接新太爷，从后晌一直候到天大黑，才晓得新太爷早到县衙里了。原来是新太爷没有乘坐高车大马，是赶着辆破牛车赴任的，就打他们眼前过！"

"新太爷叫啥？"施柳氏的眼里闪出一道亮光。

"说叫海大人，具体啥名字还不晓得呢！"

"谢你了！"施柳氏深深一揖。

雪时大时小，凌晨方住。地上白茫茫一片，却不过指把厚，轻轻一扫就清爽了。

鸡鸣第三遍，海瑞起床，正在洗漱，阿德进来。

"老爷，"阿德压低声音，"那俩车夫守在衙门处不肯走，强要追加一贯车钱，说是老爷不让走快，原本二十五日的脚程走出三十七日，误下人家事了！"

"是这个理！"海瑞笑了，找到钱袋子，摸出一贯，略顿，又摸出一贯，"阿德呀，你再去趟集市，将这一贯换作应急日用。开门七件事，柴米油盐酱醋茶，你看缺啥就买啥！"

"嘿嘿嘿，"阿德乐得合不拢嘴，将那贯钱攥得哗啦啦直响，"一大贯哪，富足着哩，阿德这就求问老孺人，保管她老人家心想事成！"

用过早膳，海瑞信步走在县衙里。

无论如何，在行将到来的这段时间，这是属于他的县衙，他得熟悉一下。

一圈转下来，海瑞发现，淳安县衙与他见过的其他县衙在大小与结构上并无二致。奇特处在于内宅之后挖有一条人工沟渠，近两丈宽，丈许深，省下围墙不说，防护堤上还栽一排垂柳，这辰光开始爆芽了，在晨风里摇曳多姿。渠里的水没有冻住，很清，配起岸边尚未融去的雪，让人神清气爽，心情大好。沟渠外面是一道山岭，数丈高，蒙着一层白色。

内宅的东侧是花园，园里有个花厅。海瑞由花厅向南，沿围墙一路转到土地祠，见粮库、祠门尽皆上着锁。海瑞由土地祠前的小道拐入仪门，步入大堂，看向那把行将属于他的大椅子。

椅子是空的，大堂空无一人。

海瑞知道，这儿的一切都在候着他。

海瑞走近堂案，闭目。

海瑞眼前浮出严州知府文昌明的形象，耳边响起文大人的声音:"海瑞,我告诉你,淳安是个好地方,它沟通浙江、南直隶、福建、江西四省,是四达之地,山清水秀,沟渠纵横,民风淳朴,堪称江南的鱼米之乡,多少双眼睛都在盯着它呢!……海瑞,你再听一句,淳安也是个不好的地方,它沟通浙江、南直隶、福建、江西四省,是四达之地,山清水秀,沟渠纵横,民风淳朴,堪称江南的鱼米之乡,多少双眼睛都在盯着它呢!"

海瑞吸进一口长气。

是的,多少双眼睛都在盯着淳安,盯着这个他初来乍到的地方。

海瑞晓得,这些眼睛盯着的不是其他,而是大堂里的这把椅子。他已探知,过去三年在这把椅子上坐过的共有三人,一人在刑部的牢狱里,一人乍一上任就回乡丁忧,最后一人是一年后离任的。迄今为止,这把椅子已空置一年,主事淳安的是昨晚上一心为他洗尘的吴县丞。

海瑞正自想着,一众属僚由外面进来,打头的是县丞吴仁。

乍一看到海瑞,几人皆吃一惊。

"下官叩见海大人!"见海瑞转过身,背后就是正堂,吴仁先是一怔,继而顺势叩拜。

吴仁这一跪下,跟在他身后的罗元济、胡振威、林兆南三人也都没个说的,如搁麻袋般扑通扑通全跪下去。

"哎哟哟,"海瑞将四人一一拉起,边拉边说,"你们官袍在身,乌纱在顶,是朝廷命官,而我一身布衣,你们这行的是哪门子礼？"

几人被他扯起来，尴尬地笑了。

吴仁拍打几下袍子，拱手："海大人有诏命在手，即使跣足赤膊，也是我等上官，在这公堂之上，焉有不拜之理？"

"吴大人客气了！"海瑞回个揖，转移话题，"诸位来得正好。按照规制，在拜印之前，在下依旧是个草民，公堂之上，依旧由诸位当值。"扫众人一眼，"哪位仁兄是主簿？"

"下官在！"罗元济拱手。

"海瑞初来乍到，人地两生，对淳安一无所知。麻烦主簿将讼案、户籍等相关府册送到西华厅，在下得空先熟悉起来，免得手忙脚乱！"

"下官遵命！"

"你们忙活公务吧！"海瑞拱个手，大踏步走出大堂，径投内宅。

罗元济看向吴仁。

吴仁笑了："罗兄弟，海大人吩咐的是你哟！"

元济回他个笑，吩咐六房（兵、吏、刑、户、礼、工）经承将相关府册抱进内宅，在西华厅里摆放妥当。罗元济刚刚出来，就有书吏寻他，说是吴大人要他去一趟赞政厅。

赞政厅位于大堂西侧，罗元济进去时，厅里已聚不少人，显然正在议论什么。

"诸位大人，"说话的是李捕头，压低声音，"你们注意没，海大人是只身上任哪，没带师爷，一个也没，只可惜那两间师爷房了！"

　　李捕头所说的两间师爷房位于大堂之后的二堂，一西一东，西侧的是钱粮师爷房，配合主簿处理揖税田亩等财政事务，东侧的是刑名师爷房，配合县丞处理讼诉兵役等刑名事务。一般情况下，两位师爷都由知县任命，也由知县所可支配的专项资金供养，自然也是知县控制县情的亲信与助手。

　　"滚一边去！"胡振威白他一眼，"你哪能晓得海大人没带师爷来？人家是兵分两路，晓得不？"

　　胡振威是李捕头的顶头上司，李捕头不敢回嘴，厚脸皮一笑，溜到一侧。

　　"诸位同仁，"见罗元济到了，吴仁轻轻咳嗽一声，压住场面，"元济一来，人就算齐整了，在下提请诸位商议二事，一是海大人的拜印祭礼，另一是如何给海大人贺喜。在议之前，我先建个议，祭礼一事属于公务，有章可循，我们就按规制办。至于给海大人贺喜的事嘛，"扫视众人，"在下不便多说，由诸位议决。"

　　"唉，"胡振威夸张地叹出一声，"没想到来的是个穷官，胡某真不晓得这个喜该当哪能个贺哩？"看向主簿，"元济兄，你账头精，哪能个贺法，给个章程！"

　　众人看向罗元济。

　　"呵呵，"罗元济现出个笑，"远的不说了，咱扯近的，前番两位知县大人来，礼金都是四、三、二、一。观海大人这样，家底要薄一些，在下之意是加一码！"

众人看向吴仁。

"是大家贺喜,都看我做啥?"吴仁笑起来。

"吴兄,这个章程,得你来敲定!"林兆南朝吴仁笑笑,做出请的姿态。

"要叫我说呀,"吴仁看向罗元济,"就照元济兄说的,各加一码,五、四、三、二。"叹口长气,朝后面努下嘴,"说个实话,这个穷坑填不满,大家甭想过上安生日子!"

吴仁一锤定音,就没人再说什么。

主簿看向礼部经承,经承拿起笔,摊开礼单,执笔开写。"五、四、三、二"的上礼规矩是,县衙里上至县丞,下至吏胥,在册的全部列入礼单,其中,县丞、主簿两大主事的各五两,教谕、典史各四两,六房经承、捕头、牢头、驿丞等各三两,其他吏胥各二两。全衙合写到一处,礼金总数竟过百两大关。

这是一笔大数字,可抵海瑞近三年的俸禄总和。

"我这心里疼哟,"待礼单写完,捕头故作夸张地手捂心窝,半是嘟哝,半是抱怨,声音阴阳怪气,"来个知县,上一次大礼。咱这一穷二白的芝麻小县,三年里换三个知县,大礼是一个接一个呀,这几个月的薪俸又算泡汤了,一家老少得喝西北风去!"

"喝你个头哩!"典史敲他一个栗子头,"甭说别的,单是哪能个打板子,你小子揩有多少油水,给大伙儿亮个底?"

"我这……"李捕头做个鬼脸,笑着躲到一侧,"不就是说句玩笑话嘛，啥人出不起这点儿小钱了?"

众人皆笑起来。

"吴兄，"林教谕转移话题，"喜礼算是齐备了，喜宴还要办不? 昨晚洗尘的宴，听海大人的话音——"

"办哪!"吴仁不假思索，"昨晚的宴，海大人人地两生，问明是公款，不肯吃是自然的。这喜宴嘛，咱就不从公款里出，从这贺礼中扣!"

"对对对，"李捕头连声叫道，"咱上喜礼，他得请客吃饭，是不?"

众人又是一阵笑。

"喜宴的事，就不劳海大人了!"典史拍拍胸脯子，大包大揽，"我让算盘哥再请次客，一来巴结新太爷，这二来嘛，清一色是咱衙门里的，也算是给栖凤楼长脸了!"

第 02 章
家中无小事

西华厅里，不同种类的案卷一堆一堆地码着。

夜深了，海瑞就着两盏烛光，一卷接一卷地翻阅案宗，时而掩卷长思，时而掂笔蘸墨，伏案疾书。

一盏灯笼慢悠悠地游过来。

灯笼游进厅里，是海王氏。

海瑞看向她。随着胎儿的日渐成形，她的腹部隆起渐高，加之旅途劳顿，这还没有歇过气，略显苍白的脸上起出几片妊娠斑。

"这么晚了，哪能不睡哩？"海瑞半是责怪。

"夫君，"海王氏拉把椅子，缓缓坐下，"我睡不下。"

"为啥哩？"

"后日是阿妈的六十九岁寿诞，寿日过九不过十，阿妈这是大寿，是大喜。夫君新官上任，又是一喜。咱家双喜临门，我想庆贺一下，这与夫君打个商量。"海王氏说得不紧不慢。

"你想得是！"海瑞应道，"怎么庆贺，你说！"

"我想开场大荤。"海王氏笑了，"咱是年前上路，大年下与元宵节都在路上，一家人没吃好，没睡好。尤其是小中砥，闹哩。去年朱大人偕其恭人来咱家时，朱恭人教会我和阿妈包饺子了，小中砥想吃肉，路上阿妈哄他说，待到县衙了就给他包顿全是肉馅的饺子吃，小中砥巴望一路哩。"

"成。"海瑞笑了。

"还有，"海王氏接道，"我想送阿妈个礼物。"

"送啥？"

"银簪子，"海王氏略略一顿，摸向自己的一头乌发，"阿妈的头发好，这把年纪了，依旧是密麻麻的，黑发多过白发，看着就欢喜人哩。阿妈每天早上最开心的辰光是梳头，隔两天还要洗一次。啥子都好，就是簪子不好，原先是个玳瑁的，折了，阿妈用胶水粘着，一直用到现在。我想送她一根银的，就不怕折了！"

"成。"海瑞再道。

"你呢，"海王氏看向他，笑道，"总不能空手给阿妈贺寿吧？"

"阿妈想要啥？"

"阿妈想要个织布机。阿妈说，住上这栋大房子，咱家的开支不会少，要是有个织布机，有我与小蕉搭个帮手，一年能织出不少布哩，多少是个添补。这次搬家花费不少，我……"海王氏打住话头。

"晓得了，"海瑞心里一酸，"织机的事，得过段时间。"

"对了，"海王氏眼睛一亮，"你就送阿妈个黑毡帽吧。阿妈把头发盘起来，银簪子一插，黑毡帽一戴，老好看哩。这辰光还冷着哩，帽子刚好受用！"

"阿妈想要这个？"海瑞盯住她。

"朱恭人送给阿妈一顶黑毡帽，阿妈死活不肯受，可我晓得阿妈的心里是中意的，几次提说起那顶帽子，说是油泽闪亮，柔顺软和，不晓得是用啥毛做的。"

"晓得了。"海瑞应过，"没有别的事吧？"

"没了。"海王氏缓缓站起来，一脸关切，"大半夜了，甭熬夜！"

"晓得了。别磕着。"海瑞扬手别过，待她走后，缓缓站起，走到书案边，拉开抽屉，拉出钱袋子，略略一掂，一古脑儿倒在桌面上。

见有两串铜钱、几只银角子与十多个小铜板，海瑞吁出一口气，捡起来装入袋中，放进抽屉里，脚步轻快地挪回案边，重又埋下头去。

内宅东侧的花园占地二亩，这辰光铺着一层薄薄的、斑驳的雪被。花园北部是个花厅，花厅的后面是一条自西而东的石砌大渠。由大渠引出一条小水沟，也是石砌的，约二尺宽，上面盖着石板，入注花厅南边的荷花池，再被一条暗沟引入贯穿县衙的排水大沟。

荷池占地小半亩，在这不大的花园里颇为惹眼。经过一冬，池里尽是凄凉，仅有少许残荷扎在水中，中间一枝的尖顶上站着一只小黄鸟。

海之蕉坐在花厅里的长条凳上，怔怔地望着那只小鸟出神。一轮朝阳透出彩云，射出一道霞光。那霞光越过东侧围墙，直直地泻在黄鸟身上，为它披上一层金黄的罩衣。

海中砥沿着后面的渠堤一蹦一跳地跑过来，边跑边叫："蕉姐，蕉姐！"

受到中砥的惊吓，小黄鸟振翅飞走，落到不远处的大树上。

海之蕉看向他，眼神里满是嗔怪。海之蕉是海瑞前妻的次女，年满十三岁了。

海中砥飞跑过来，一脸兴奋，冲少女大叫："大院子，大院子，白茫茫的大院子！"

海之蕉没有睬他，扭过头去，目光依旧落在那枝残荷上。

"蕉姐，蕉姐，好大一个院子。"海中砥显然沉浸在他所发现的新天地里，"这大院子真的就是咱的新家了？"

"是哩。"

"我以后天天可以在这大院子里玩耍了吗？"

"是哩。"

"中砥，中砥，你在哪儿？"内宅里传来海谢氏的声音。

"奶奶，我在这儿呢！"中砥大声应道。

海谢氏走进花园，看到海之蕉，脸色沉了："你哪能乱跑哩？跑丢了咋办？有人把你拐跑了咋办？"

"奶奶，我跟着阿姐哩！"

"快过来，到奶奶这儿来！"海谢氏声色俱厉。

中砥打个寒噤，飞跑过去。

望着中砥飞跑过去的身影，海之蕉咬紧嘴唇，从怀中摸出一卷书，一页一页地翻阅。

海瑞从衙后面的渠堤上转出来，看到海之蕉，现出笑脸，走过来，挨她坐下，看向池水。

海之蕉微微抬头："阿爸？"

"看的啥书？"海瑞移回目光，盯住她的书。

海之蕉递过书。

海瑞翻看几页："你喜欢李清照？"

"不喜欢。"

"说说，为啥不喜欢？"

"不敢喜欢。"

海瑞盯住女儿，良久，伸出手，轻轻抚在她的头上："说说，就这卷书里，你喜欢她的哪一句？"

"生当作人杰，死亦为鬼雄。"

"蛮好，"海瑞笑了，在她头上轻拍几下，"你要喜欢，去喜欢就是。"

海瑞站起来，走有几步，传来海之蕉的声音："阿爸——"

海瑞站住，扭过身，看向她。

"再给我买把琴，好吗？"

海瑞怔了："你的琴呢？"

海之蕉勾下头去。

"蕉儿，"海瑞盯住她，"那把琴挺好的，是爸在福州专门为你买的，好几两银子呢。"略略一顿，"你……该不是弄丢了吧？"

之蕉的声音几乎是从牙缝里挤出："我奶奶砸了！"

海瑞震惊。

海瑞眼前浮出南平书房里的一幕——

海之蕉跪在海瑞面前。海瑞放下书卷，惊讶道："蕉儿，你这……"

海之蕉再次叩首："阿爸，给我买把琴，好不？前街乐坊里有个阿姨，琴弹得真好，她答应教我，说我的手适合弹琴！"

"那是贱民待的地方，"海瑞的脸虎起来，"你怎么能向贱民学琴呢？"

"她们不贱，她们是好人，她们待我可好了！"海之蕉争辩。

"你不晓得的！"海瑞缓和语气，"乐坊里的人是乐工，凡是乐工，世世代代都是贱籍，走路都得溜墙根儿，不敢抬头的！"

"可琴不贱！"海之蕉盯住海瑞，"前番朱大人来咱家，阿爸与朱大人下棋，我亲眼看着朱恭人就在那棵大树下弹琴，我还听见阿爸夸她弹得好呢！"

"你……"海瑞语塞,有顷,"琴很贵重的,等阿爸凑够钱了,再给你买!"

"阿爸,要过年了,我不要新衣服,不要新首饰,我啥都不要,就要一把琴,求您了!"

……………

海瑞踅回她身边,挨她坐下,一双大手按在她的长发上。

海之蕉歪进他怀里,悲泣。

"孩子,"海瑞柔声,"咱不弹琴了,成不?"

海之蕉挣开他,站起来,退后几步,盯住他,一字一顿,语气坚定:"我就要弹!"

海瑞长吸一口冷气:"说说,为啥要弹?"

"我要弹给我阿妈,弹给我阿姐!"

海瑞打个寒噤,眼前浮出结发妻子海许氏哀怨的眼神,浮出长女海之椰清瘦的身形。五年前,是他拗不过母亲海谢氏,用一纸休书赶走她们母女。长女他是想养的,是那孩子不肯跟他。一对原本要好的姐妹自此分开,已经懂事的海之蕉就此与奶奶隔起一层透不过气的膜。

海瑞缓缓站起,看向东方越升越高的朝阳,良久,转过身子:"叫你德叔来!"

海之蕉嗯出一声,快步离去,不一会儿,阿德小跑过来。

"阿德,"海瑞带他走出花厅,走向衙后,指着河堤下面一长条开始泛绿的斜坡,"你向园丁讨个铁锹,将这块斜坡翻了,看能种些啥菜。"

"嘻嘻,"阿德笑着应道,"老爷,我早在琢磨这事儿呢,眼下春暖花开,正好种菜,不能耽搁时节。"

"这就好。"海瑞乐了,"过半个时辰,你到西华厅叫我,我俩外面兜兜。"

"好哩!"阿德应个朗声,乐呵呵地去了。

第03章
乐坊弹琴女

半个时辰后,海瑞挂起钱搭子,与阿德走出衙门的后门,越过一道木桥,沿着雪渐退去的石阶走上岭顶,又沿一条土路攀向山巅。

大部分的雪化去了,远远近近的大街小巷尽在眼底。

"嘿,"阿德笑道,"昨儿在城里转,觉得挺大,今儿站在这儿,才屁大个地儿!我数数看,"点数城中的街道,"东西不过五条街道,南北才三条!"

"哈哈哈,"海瑞笑道,"站高才能望远哪。之前在琼山,我觉得琼州的地儿挺大,有年沿海岛走一大圈儿,走破我几双鞋。后来过海,我才体会到啥叫个地儿大!"

"老爷,"阿德指着县衙,"站到这儿,方才晓得咱这县衙有气势,你看,坐山面水,县前街中分东西,各有一片大水守边,齐整雄壮哩!"

"就是这般有气势的城,三年前却让倭人占了!"

"啥?"阿德惊道,"倭人哪能打到这儿呢?"

海瑞指向远处的新安江,一脸凝重:"他们不但打到这儿,还沿那江岸向西,一路打到徽州,又打到应天府,更绕应天府城转一大圈儿,烧杀掳掠,欺男霸女,无恶不作哩!"

"天杀的倭人!"阿德恨道,"老爷,咱这掌到大印了,就把城墙修起来,城门立起来,守他个严严实实,再不能让倭人打进来了!"

"本县听你的!"海瑞指向岭下。

二人下岭,沿渠向东,一路走到东湖,又沿湖堤一路向南,走到靠近江边的下直街,沿街向西,走到西湖,又沿西湖向北,绕到西北,再沿一条街走到县衙,又沿县前街向南,如过筛子般将所有街巷转悠一遍,直到午后才又来到上直街,由西而东,挨门转去。

上直街是沿江堤而建的街道,因了码头的关系,街两侧皆为商号,淳安人凡有买卖,大多在这条街上批货。

海瑞按海王氏所求,买好银簪子、黑毡帽、白萝卜、胡萝卜、羊肉、姜、葱、蒜等物,吩咐阿德带回去交给海王氏。

海瑞看看日头,信步走向官贤巷,在一家乐器铺前停下。

官贤巷是东西一条横巷,以县前街为分界,街西为上官贤巷,街东为下官贤巷。乐器铺位于下官贤巷的最东端,再东就是东湖了。

海瑞抬头看向匾额，上书"徽州乐器铺"几个黑字。徽州乐器是远近有名的，海瑞审过牌子，假作闲逛，袖手进店。

铺面虽只丈来宽，进深却不下两丈，天花板过十二尺，看起来甚是敞亮。一排柜台及墙面上或摆或挂着乐器，花色齐全。展出在显眼位置、数量也多的是笛、箫、笙、二胡、三弦、喇叭等民间常备乐器，显然也是销量大的品种。

铺面的砖地刚被打扫过，空气里弥漫着大清洗的水汽。施亚丁正在擦拭柜台，见海瑞身着长衫，一脸斯文，紧忙放下抹布，打个长揖，伸手礼让："先生，请！"

"有琴吗？"海瑞拱手回礼，指向摆放的乐器，里面没有摆琴。

"阿妈，"亚丁朝内叫道，"有先生要买琴！"

施柳氏闻声从中间一条过道里走出，朝海瑞深深一揖，赔笑道："先生，小女子衣衫不整，失礼了。我娘儿俩今朝刚来打理这家铺子，还在打扫呢。"看向亚丁，"给先生沏茶，水烧开了。"

亚丁应过，进去沏茶。

"琴是有的，摆在里厢。"施柳氏指向过道，伸手礼让，"先生请！"

海瑞走进过道，没几步现出同样大小的内厅，没有柜台，摆的尽是钟、石、鼓、琴、瑟等大件乐器，也有各种庙观等行祭使用的配物。再里面没有甬道了，是个一丈见方的小院子，类似于南方的天井，院中摆着一条石几并几只竹椅，亚丁正在忙活沏茶。靠山墙处有个窄小的木梯，通向上面的阁楼，该当是娘儿俩起居的地方。

内厅的显眼处摆着几把新琴，有琴、琴台、琴凳、琴盒等，还有琴室专用的香。

海瑞的目光落在琴上。

"琴有多种，"施柳氏指着不同的琴，"因人而异，是先生自用吗？"

"不是。"海瑞指向一架琴，"这一架多少钱？"

"我看看账册。"施柳氏抱歉地笑笑，拿出账册，翻一会儿，"这架是凤头琴，两年前进的货，银七两三钱。"

"这么贵呀！"海瑞笑着皱眉。

"这架不算贵的，旁边那架是八两四钱！"

海瑞苦笑一下，摇头。

"先生在意二手琴吗？"施柳氏问道。

"有吗？"

"您稍等！"施柳氏走到过道处，打开一扇暗门，进去摸索一阵，拎出一把满是灰尘的老琴，示给海瑞，"我方才看到这架老琴，没顾上擦它，没个看相哩！"

话音落处，施柳氏寻块湿布擦拭。

老琴现出真容，闪闪发亮，甚是雅致。

"这琴不错！"海瑞赞道，"弦呢？"

"先生先到院中品茗，小女子这就上弦！"施柳氏将海瑞让到小院里。

亚丁沏好茶水,双手端起一盏,摆放在客位。海瑞走这大半天,也正口渴,坐下品茶。

施柳氏找到琴弦,剪出七段,一一接上,拧紧,调试,不消一时就装好了,吩咐亚丁搬出琴架并琴凳置于院中,摆上琴,礼让道:"琴弦齐了,请先生试音!"

"我这……"海瑞尴尬一笑,"弹不来呢。"

"先生这般客气,小女子就献丑了!"施柳氏打个揖,在琴前坐下,"先生欲听何曲?"

"你随意。"

"谢先生大度!"施柳氏朝海瑞拱个手,在琴上划出一道颤音,"小女子就为先生弹一曲《窦娥冤》吧。"

话音落处,但见纤指起舞,琴声凄厉,一曲窦娥蒙冤的乐音从七根琴弦上倾泻而出,一股寒意也从海瑞的后背脊处渐渐泛起,使他不由自主地打个寒噤,小窦娥那血溅白帛、六月飞雪、三年不雨的不屈誓愿也同时回荡在他耳畔。

施柳氏一曲弹完,再次划出一道颤音,其速度之疾,用力之猛,生生拨断一根她刚刚装上的新弦。

海瑞看向施柳氏,但见她泪水满盈,显然入戏了。一旁的少女也是哽咽不止。

海瑞晓得,他遇到的是一对有故事的母女。

"弹得真好!"海瑞轻轻鼓掌,"我听到了六月飞雪,打寒噤呢!"

"谢先生知音！"施柳氏拭去泪水，现出个笑，"是把好琴，音色纯正，值得先生拥有！"

"啥价？"

施柳氏拿来一厚沓子账册，没有查到，又翻出一沓，怔了下，笑道："先生淘个大宝呢。此琴出于宋代徽州，苏东坡主事杭州时曾经弹过，上面刻有东坡一词，元人打来时损坏琴头，被人修复。元末大乱时损坏琴尾，再修复。十三年前被人作旧物卖予本店，蒙尘至今。"审察一番，亮出琴底，"看，苏东坡的题词在这儿！"

海瑞审看，果是苏东坡题写的《念奴娇·赤壁怀古》，情不自禁道："大江东去，浪淘尽，千古风流人物。故垒西边，人道是，三国周郎赤壁……"

"此琴收进时用银一两八钱整，我观先生知音，就以此价转让先生。今朝是我母女开张首日，算是冲个喜！"

海瑞将琴递还，从袋中摸出仅余的两只银角子，递给施柳氏："我先订下，过几日来取。"

"谢先生。"施柳氏收下银角子，作长揖。

第04章
热脸冷屁股

在淳安县衙，居中轴而建的大堂及后堂是属于知县的，县丞与主簿在大堂之后的二堂里各有一个公舍，供其在知县升堂期间处置公务用。除此之外，县丞与典史也各有一处公舍，分别为布政分司署与按察分司署，其中布政分司署位于县衙的东南方，居仪门之东，连接库房、民政等系列便民设施，按察分司署则位于县衙的西南角，居仪门之西，连接牢狱、缉捕等系列治民设施。

县丞房与内宅的西华厅仅有一墙之隔，许是不便议事，尤其是涉及海瑞的事，这几日里，吴仁多在他的布政分司署里当值，衙中凡有议事，也都跟过来了。

午后不久，典史胡振威与李捕头一前一后走进布政分司署的会客厅里。厅中已坐二人，主簿罗元济与教谕林兆南。几案上摆着一只精致的礼箱，里面装的显然是大家凑起来的份银。

李捕头的手里提着一只窄长的盒子，小心翼翼地摆在礼箱旁侧。

待李捕头摆好，厅中所有目光就都聚过来，落在长盒子上。

"啥宝贝呀？"林兆南笑问。

胡振威打开盒子，现出一把老琴。

"嘿，你的祖坟冒烟了咋的，竟然起这雅兴了！"吴仁笑起来。

"是海大人的雅兴！"胡振威应过，将海瑞巡察贺城周遭的过程悉数讲述一遍。

"二斤羊肉、六斤红白萝卜、半斤芝麻、半斤葱、半斤姜、半袋麦面……"吴仁自语着，慢慢抬头，"这是要包饺子哩！"

"正是！"李捕头接过话头，"下官打探清爽了，海大人确实要包饺子，说是明儿庆贺老安人七十大寿呢！"

几人瞪大眼睛。

"是真的！"李捕头语气决绝，"下官是从小少爷嘴里套出来的！我送小少爷一只八哥鸟，小少爷见鸟会说话，高兴坏了，说要送给他奶奶当寿礼。我问他是啥寿礼，小少爷说，明朝是他奶奶七十大寿，他娘说要包顿肉馅儿饺子为奶奶贺寿哩，瞧那样子，这家人有些辰光没见过荤腥了！"

让他们震惊的是，老安人七十大寿，身为县太爷的海大人却只割了二斤羊肉。

吴仁的眼睛闭上了。

吴仁缓缓睁眼,看向案上的那把老琴。

"买好菜后,"胡振威接道,"海大人走到下官贤巷的那家乐器铺里,想买这把琴,在里面闹腾好一阵儿,还弹出一曲,想必是嫌贵了,没买,让我拿来了,搭个礼头。"

"这个礼头搭得好!"林教谕不无感慨地拿出琴,里里外外赏阅一遭,轻轻放进去,合上盖子,冲他竖个拇指,"好琴哪,正宗徽州老货,琴底还有苏东坡的题字呢!"

"乖乖,"胡振威叫道,"这琴能值多少钱?"

"就凭这几行字,至少也值一百两!"

"啊?"众人皆惊,尤其是胡振威,吧咂几下嘴皮子,"怪道那娘儿们死活不让我拿走,说什么有人订下了。我晓得是海大人订的,不由分说拿走了事,谁晓得它竟值这么多!"

"值再多,海大人还能不配用吗?"吴仁扫他一眼,"老安人七十寿诞,也是个喜,我等是否追加一份礼呢?"

"追吧。"罗元济附和。

"哪能个追法?"林教谕看过来。

"吴兄?"罗元济盯住吴仁。

"诸位仁兄,"吴仁直接拿出定见,"海大人高升,是大喜,是公喜;老安人七十寿诞,是小喜,是私喜。大喜当上大礼,小喜当上小礼,我们就为老安人追加一份小礼吧。在下之意是,小礼不分等级,吏胥免收,经承、狱丞以上,人均一贯铜钱,拎起来厚重些!"

众人尽皆点头。

"老安人的小礼就不写礼单了,诸位凑齐即可。"吴仁补充一句。

"诸位,"胡振威问道,"礼有了,怎么上呢?海大人一个师爷也没,总不能交给他的那个傻仆吧?就这辰光,他当在大渠边的斜坡上刨地呢,茅房里的屎尿说是也让他挑走不少!"

几人再次震惊。

但眼下并不是屎尿的事。

"既然是给老安人贺寿,就交给老安人好了!"林教谕建议。

"老安人住在内宅,林兄的意思是让我们的堂客出面?"胡振威盯住他。

"不要绕弯子了!"吴仁一锤定音,"迎来送往乃乡里常情,海大人不会不懂。明儿上午,就咱几个,直接上礼就是。以后都是同僚,搁明了更好!"

翌日上午,海瑞正在西华厅里审阅案宗,一阵杂乱的脚步响进内宅,拐向这边。

是吴仁、罗元济、林兆南、胡振威四人。吴仁打头,空着手,胡振威、林元济人手一只精致的礼箱,林教谕拎着一只长盒子。

海瑞站起,冲四人拱手。

吴仁回过礼,示意三人呈上礼物,一字儿摆在海瑞面前。

海瑞的目光落在三只礼箱上。

"海大人,"吴仁一脸是笑,"您履新淳安知县,是淳安百姓之幸,更是我们这些同僚之幸。又闻老安人七十大寿,大人这是喜上加喜。我四人代表淳安县衙所有属僚,代表淳安县域所有百姓,为大人道贺,同时也沾点大人的喜气,得个吉祥。区区薄礼,望大人不弃。"

"海大人,"不及海瑞回话,胡振威接上,"下官在栖凤楼订有薄宴,为老安人贺寿,诚望海大人举家前往,与民同乐!"略顿,"是下官私宴,望大人务必赏个薄面!"

海瑞瞄他一眼,没有应话,缓缓蹲下,逐一打开礼箱。中间一箱是成板的银圆,左边一箱是成串的铜钱,右侧的长盒子里是他下过订金的那把二手老琴。在两箱礼金上面,各附一个由红纸写出来的礼单,上面列明送礼人及礼金数量。

海瑞轻叹一声,闭上眼睛。

听到这声叹,四人吁出长气。

海瑞站起,睁开眼,微微拱手:"海瑞诚谢诸位仁兄抬爱,诚谢淳安百姓厚爱!"

"呵呵呵呵,"吴仁笑出一脸菊花,"海大人不远千里赴任淳安,实乃淳安之福、淳安黎民之福,我等能代淳安百姓为大人接风洗尘,同喜同贺,是修来的福分!"

海瑞语气郑重,指着两只礼箱:"大家的诚意,海瑞领了,这两箱贺礼,还请诸位收回!"

四人的笑脸凝固了,面面相觑。

吴仁正要说话,海瑞没再给他开口的机会,指向地上的讼案:"诸位来得正好,海瑞正有几句闲言分享。这两天,海瑞一得空就审看讼案，见不少讼案上已经蒙尘了。"

提到诉讼，也就涉及县丞吴仁与典史胡振威的职分了。

"海大人，"吴仁顺口解释，"审案判案须由知县定夺，下官等不过是提供襄助。近年来淳安知县轮替频仍，致使讼案有所积压，淳安百姓都在盼着海大人呢！"

吴仁圆得极好，轻轻一句就将海瑞的锋芒卸去了。

"好吧，"海瑞转向礼箱，"诸位代表淳安百姓向海瑞与老安人道喜，海瑞并老安人在感恩之余，也还诸位一个心愿，诚望诸位心系百姓，将对待海瑞与老安人的心思悉数用在百姓身上。海瑞是朝廷命官，诸位也是。朝廷任命我等为官，发给我等薪俸，是让我等治理淳安，当好淳安百姓的父母官，不是让我们同僚之间彼此照应，迎来送往。你们也都看到了，海瑞确实贫穷，可海瑞心里不穷，海瑞也不希望诸位家里不穷，心里却穷。"

见海瑞将话搁到这层面上，几人纷纷勾头。

"如何心系百姓呢？"海瑞指向讼案，"民不患贫，而患不均。不均就是不公，天底下的所有不公都写在百姓们的诉讼中。我们心系百姓，就当从眼前的这堆讼案做起。诸位仁兄，海瑞请大家对天盟誓！"

海瑞朝着那堆讼案缓缓跪下。

吴仁四人相视一眼，也都跪地。

"苍天在上，神明共鉴，"海瑞指天领誓，"自明日始，淳安县衙开放诉讼，凡淳安之民，有讼可诉，有冤可申，我等诸人誓言做到季无积案，年无沉冤，还百姓一个清平淳安！"

四人别无选择，跟着起誓，但没有谁誓得清晰，嗡嗡得如同苍蝇飞。

誓毕，海瑞起身，朝四人拱手："诸位仁兄，午时将至，海瑞这要去为老母贺寿，不留客了。礼箱你们原样带回，俸钱有限，大家都要养家糊口。对了，"将装琴的长盒放到一侧，"这把老琴海瑞收下。"

海瑞走到案前，写出一张借据，交给罗元济："主簿，我问过价了，此琴值银一两八钱，从我的薪俸里扣除，这张借条你先收着。"

罗元济收下借据，众人提起礼箱，鞠躬退出。

拒礼就等于打脸。吴仁四人闷声回到赞政厅里，脸上无不火辣辣的，放好礼箱，各寻位置坐下，久久无语。

"发啥呆哩！"吴仁打破沉默，挤出个苦笑，"海大人不是说了嘛，谁的钱谁拿走！"

吴仁打开礼箱，从银箱里摸走五两银子，又从钱箱里摸走一贯铜钱。其他人见状，也都拿走自己的。

四人拿完，吴仁看向主簿："元济兄，劳你个驾，照名册退回。"

罗元济点头。

"酒楼哪能个办哩？"胡振威急了，"菜肴备妥了，老酒热上了，算盘忙活大半天，一共五桌，凡上礼单的人人有座哩！"

几人面面相觑。

"诸位仁兄,"胡振威连连拱手,"海大人不吃,咱不能浪费,是不?"

林教谕、罗元济看向吴仁。

"你们吃去,我心里堵呢。"吴仁阴起脸,大步走出赞政厅。

主簿、教谕相视一眼,也都摇头。

胡振威呼哧呼哧连喘几声,嘿然一笑:"好好好,在下自作自受,得了!"

胡振威气呼呼地走出房门,见吴仁走在前面不远处,紧追几步,小声问道:"吴哥,这刺儿头不吃敬酒,咋整哩?"

"你说。"吴仁甩过来两个字。

"让他吃罚酒!"胡振威恨道。

吴仁住步,盯住他看。

"这两天我没闲着,把他的端底探清爽了。这人没啥靠山,只是个刺儿头。做南平教谕辰光,延平府御史大人等巡学他的学府,其他人跪叩,唯他一人竖在中间,被那御史讽作笔架。不料这绰号反倒将他的名头搞大了,一直响到吏部里,还受重用,这不被委作知县,派咱这儿了。"胡振威如数家珍。

"罚酒怎么吃?"吴仁问道。

"我们热脸贴他,他给我们个冷屁股。有来无往非礼也,明儿他不是祭印吗?让他祭个寂寞!"

"胡闹!"吴仁大踏步走去。

"吴哥?"

"顺着他!"吴仁给出应招,"他想上天,咱就搬梯子!"

"哪能个搬哩?"胡振威问道,"明朝是他祭印!"

"他说过照规制来,吩咐下去,就照规制来!"

第 05 章

击鼓鸣陈冤

午时到了,海瑞率妻并一双子女在内宅正堂为海谢氏贺寿。堂上供着妈祖娘娘,娘娘下方摆着牌位,是海瑞的先父海瀚。

海瑞焚香,先祭天地、妈祖,后祭先祖、先考,最后由海谢氏居中坐了,接受海瑞夫妇并一双儿女的贺拜。

海谢氏衣着光鲜,头戴黑毡帽,发插银簪子,收完头,拎着孙子送给她的八哥鸟,满脸是笑地宣布开宴。老仆阿德摆好八仙桌,摆好碗碟,忙活上菜。

八仙桌的上首原本是两把大椅子,海瑞撤去一张,扶老安人海谢氏坐了。海瑞自坐于桌子右首的长板凳上,安人海王氏坐在他的对面,挨她而坐的是海中砥。下首位置是海之蕉的。五人跟前各摆一只碗、一双筷子并一只碟子,碟里是蘸料,由蒜泥、醋、盐几味搅和而成。

菜肴只有两道，皆是素的，一道是清炒荠菜，一道是红焖豆腐，一左一右摆在两侧。若在平日，这两道菜是配米饭的主角，但在今朝，谁都晓得肉馅儿饺子才是正餐。

"来喽！"阿德端起一只大盆走进来，摆在海谢氏面前。大盆里是一锅刚捞出的饺子，热腾腾地冒着水汽。

"大家狠劲吃，灶王爷还守着一锅哩！"阿德笑着提示。

"中砥呀，你是海家的小祖宗，来来来，坐奶奶这儿！"海谢氏将鸟笼子挂在一边，站起来，将海瑞摆在一边的另一把大椅子挪过来，向中砥招手。

海中砥跑过来，坐在海谢氏身边，眼巴巴地盯住眼前的大盆。

盆里有两种饺子，一种是元宝形，一种是圆碟形。饺子的馅儿是海谢氏调配的，元宝形状的肉多菜少，圆碟形状的肉少菜多。

分配饺子是海谢氏的权力。

海谢氏站起来，拿过海中砥的碗，用筷子将元宝饺子拣满一碗，推到他跟前，不无关爱道："小乖乖，这一碗全是元宝，奶奶亲手包的，纯肉馅儿，包你吃美！"

海中砥夹起一只就朝口中塞，却被烫得龇牙咧嘴，急吐出来，引得满桌子笑声。

海谢氏拿过海王氏的碗，拣满一碗元宝形饺子，推过去。

"阿妈，"海王氏忙站起来，将那碗饺子端起来，郑重摆到海谢氏跟前,"今朝是您大寿,这元宝的该您老寿星吃,哪能先夹给您这儿媳妇哩?"

"坐下!"海谢氏横她一眼,将一碗饺子复挪过去,半是嗔怪,"妈啥辰光说是让你吃了?是让我这二孙子吃哩!"

海王氏面上尴尬,心里却是受用,现出一笑:"离出生还早,阿妈哪能晓得又是一个小孙子哩?"

"是不是小孙子,妈还能不晓得?"海谢氏举起筷子点到她的鼻子上数落,"你还没怀上那辰光,妈就向妈祖娘娘求过几次了,娘娘送妈一支上上签,还托给妈一个好梦,说是要送海家一个二孙子,这不,没多久你就怀上了!"

见扯到妈祖娘娘,海王氏紧忙站起,绕到凳子后面,费力跪下,朝妈祖娘娘连磕三头,又朝海谢氏磕三个,边磕边说:"儿媳叩谢妈祖娘娘再赐一子,叩谢阿妈吉言,儿媳代二孙子恭祝奶奶寿比南山,福如东海!"

"哎哟哟,"待她磕完,海谢氏方才笑着责怪,"快起来,快起来,啥人让你给妈磕头了?窝坏我的小孙子你可赔不起哩!"

海王氏也笑了,站起来,坐回长板凳上。

海谢氏摸过海瑞的碗,盛满一大碗元宝饺,看也没看坐在下首的海之蕉,将盆中剩下的几只元宝饺子悉数拨拉进自己碗里,又夹几只圆碟形的将碗盛满,敲着碗道:"吃吃吃!"

满桌人中,唯有海之蕉面前的碗是空着的。

海瑞笑笑,将自己的一碗元宝饺子推到女儿跟前,拿过她的空碗,将盆中余下的圆碟拨满一大碗,夹起一只就吃起来。

海谢氏却没动筷，冷酷的目光直射海之蕉。

那是一碗不属于她的饺子。

海之蕉站起来，看向海瑞："阿爸，我肚子疼，奶奶的这碗饺子吃不起哩！"话音落处，头也不回地走出堂门。

海瑞搁下筷子，略一思忖，朝仍在门口候着的阿德递个眼色。

阿德端起海之蕉的碗并筷子，急追出去。

待二人出去，海谢氏反倒吁出一口气，将自己碗中的元宝饺子悉数夹给海中砥："好孙子，你阿姐吃不起，你吃得起，是不？"

寿宴上的喜庆气氛因之蕉的离场而荡然无存，谁也没再说话，各自埋头吃饺。海瑞的饺子还没吃完，前院传来鼓声。

鼓声急促，一声紧似一声。

海瑞的耳朵支起来。

海瑞搁下筷子，快步出去。刚出内宅，阿德飞跑过来，指着前堂："老爷，有人击鼓，说是鸣冤哩。"

海瑞加快脚步，奔向前堂。

海瑞赶到前院，击鼓人已被几个衙役扭住。

想到尚未拜印，海瑞不便多话，就在远处站定。

海瑞打眼望去，吃一大惊。被衙役扭住的竟是徽州乐器铺里为他弹琴的那个青衣女子。

正值吃饭辰光，县丞、主簿、典史等主事的尽皆不在，闻声赶到的是李捕头。

"咦，"李捕头走向她，扳过她的头，"这不是施柳氏吗？你不在乐坊里练功，却来此地敲鼓，是成心捣乱吗？"

"我要鸣冤！"施柳氏一字一顿。

"你家的案子早就结了，害你娘儿俩受苦的那个冤家也早问斩了，你还闹腾个啥？认命吧，施掌柜！"李捕头绕她转一圈，阴阳怪气。

"你们枉判冤案，我们一家从未服判，即使到阴曹地府，我们也不服判，我要申冤！"施柳氏冷冷回应。

"好好好，"李捕头连出几声，绕她又转一圈，"大明律令，你可晓得？"

"我不晓得！"

"既然不晓得，本捕头这就说给你听！"李捕头拉开腔调，"申诉鸣冤是男人的事，不是你这娘儿们的事，没有男人是不能申诉的。再说，你已录入贱籍，贱籍上诉，无论有理无理，也要领杖三十！"

"你们冤杀我男人，枉判我们母女，强加给我们这桩天大的冤案，事关我们一家的清白，却又处心积虑地不让我们申诉，这是什么王法？"施柳氏悲声控诉。

"好哇，你敢污蔑我大明王法，真是活得不耐烦了呀！"

"我早已生不如死，要杀要剐，你请便吧！"施柳氏声音阴冷。

"你甭撒泼，"李捕头冷笑一声，"你晓得我杀不了你，可你不晓得的是我打得了你！"转对衙役，"大明律令，非时击鼓行杖三十！贱民击鼓，行杖又三十，押此贱妇候于大堂，我这就呈请县丞并典史大人，先打她六十杀威棒，让她晓得个子丑寅卯！"

"老爷呀，那人要打六十大板哪！"阿德小声嘀咕，"瞧这细皮嫩肉的……"

海瑞踅回内宅，在西华厅里盘腿坐下，闭目思考应策。李捕头说得不错，依照大明律法，无论任何府衙，击鼓鸣冤都要即时处置，非时击鼓与贱民上诉，也确实要各杖三十。此番她来，冲的一定是我这个新知县。那日试琴，开曲就弹《窦娥冤》，也定是蒙受巨大冤情。

果然，不消半个时辰，大堂方向热闹起来。海瑞晓得是县丞、典史到了，急切间顾不得许多，走出内宅，直入罗元济的主簿房。

击鼓鸣冤多为刑案，没有罗元济的事，这辰光他正悠闲地伏在桌案上打盹儿。海瑞进来，轻咳一声。

罗元济打个惊怔："海大人？"紧忙站起，揖礼。

"打扰元济兄了！"海瑞回个礼，"海瑞此来，想请元济兄帮个大忙！"

"海大人，您请吩咐！"

海瑞掏出吏部出具的诏命文书，递过去："请元济兄验此诏命！"

罗元济双手推回："海大人不必客气，要下官做什么，您吩咐就是！"

"海瑞接此诏命，又在府衙签到，已经是奉诏了，前日就当拜印，是在下推至明日。今朝事急，在下想向元济兄借二物一用，一是在下的官印，二是在下的官服。至于此举失礼于城隍，在下将于明日拜祭时向城隍请罪；失礼于仪制，在下亦将具表奏罪！"

"海大人稍候！"

罗元济赶到礼房，叫来娄义，令他取来知县的印绶并官服。娄义不敢怠慢，紧忙取来，海瑞就在主簿房里换过衣冠，捧起印绶，一步一步走向大堂。

大堂里，几名衙役已将施柳氏按倒在地，正要撩开她的厚裙裾行杖。

"慢！"海瑞的声音飘进来。

众人看过去，见是官服齐整的海瑞，皆吃一惊。

海瑞托着官印走进大堂，转到案后，站在最中间的大椅子前面，神态威严地扫视大堂。李捕头及众衙役第一次见识到海瑞的威仪，皆被镇住。

吴仁、胡振威一时怔了，互望一眼，朝海瑞拱手施礼："下官叩见海大人！"

"免礼！"海瑞摆手，在大椅子上缓缓坐下。

吴仁、胡振威回归原位，坐下。

海瑞放好印绶，拿起惊堂木，朝案上轻轻一震，一字一顿："捕头听令，本堂暂寄鸣冤之人当领杖刑，带鸣冤人上堂申诉！"

李捕头打个惊怔，用脚踢下胡振威。

胡振威急了，重重咳嗽一声。

李捕头看向众衙役："你们聋了，带犯人上堂！"

几个衙役放开施柳氏，推到堂前。

施柳氏显然熟悉此地，在当跪之处跪下，叩首于地。

"鸣冤之人，抬起头来！"海瑞出声。

施柳氏抬头看到海瑞，吃一大惊，揉几下眼睛，似乎不相信眼前一幕。

"鸣冤之人，"海瑞说道，"本堂为新任知县海瑞，你有何冤屈，如实诉来！"

"禀大人，"施柳氏看得分明，悲从中来，"贱民姓柳，福建泉州人氏，十三年前嫁予徽州商民施会民为妻，定居贺城，移籍淳安，籍名施柳氏，出一女，名唤施亚丁，虚齿一十二岁。先夫施会民为本分生意人，自幼从商，经营丝绸、茶叶等物，往来于粤、闽诸地，置下一些产业。三年前，有倭人打到淳安，劫掠淳安县城三日，知县吕大人受此牵连，被朝廷治罪。倭人劫掠淳安时，先夫外出处置生意，并不在家，不知何人构陷先夫通倭，说那些倭寇是先夫招引来的，官府查抄我家，先夫闻讯赶回辩解，却被收入大牢，屈打成招，于去岁秋后含冤受刑，家财尽没于官，我母女二人也被罚入贱籍，寄身乐坊，委实冤枉。民女施柳氏冒死求请大人查明真相，为先夫申冤，还我母女清白人身！"

"施柳氏，你家蒙此大冤，此前为何不行申诉？"海瑞问道。

"禀大人，民女无处申诉呀！"施柳氏泣诉，"官府说先夫通倭，是铁案，是经大理寺审核、万岁爷御批的钦案，民女上诉无门啊！"

"既然上诉无门，你为何又在本堂击鼓？"

"民女……不服啊……"施柳氏越发悲怆，"我先夫他……没有通倭，我晓得他的，他没有通倭……我……我们也上诉了的，是苏大人，他一到任我们就上诉了，他让我们候审，我们候等一年，候到的不是审，而是先夫受刑，苏大人调离……听闻大人新来，民女这就赶来鸣冤，求大人为我们可怜的母女做主，民女早已生无可恋，可怜我那孩子……她没有经历过任何风雨，她……她是一个干净的孩子，她不应该毁在乐坊里啊，海大人……"

施柳氏泣不成声。

"施柳氏，"海瑞拿起惊堂木，轻轻一震，"可有讼状？"

"有的，"施柳氏从袖中掏出讼状，双手呈上，"请大人为我母女做主！"

海瑞看向李捕头，李捕头走过去，接过讼状，呈上。

海瑞瞄一眼讼状，看向二人："施柳氏，鉴于你家已无男人，你作为当事人鸣冤，符合大明律令。你有讼状，本堂受理。至于依律当领的六十行杖，本堂权且为你寄下，待本案审结之时一并发落。你可暂回乐坊，听候本堂传唤！"

"谢海大人！"施柳氏连连叩首，缓缓起身，退着离开。

海瑞看向胡振威："请问典史，此案案宗可在？"

胡振威看向吴仁。

海瑞也看过来。

"回禀海大人,"吴仁拱手,"此案已由前知县罗大人审明,层层上报至大理寺,又经大理寺审核并报呈御批,案犯施会民也于去岁立冬日问斩于杭州,是钦定铁案,大人还要复审吗?"

"听说罗大人上任不久就返乡丁忧去了,他是如何审明此案的?"海瑞盯住他。

吴仁打个愣怔,迅即拱手:"海大人当问罗大人,下官只是襄助而已!"

"那就说说你是如何襄助罗大人的?"海瑞追住不放。

"襄助就是,罗大人吩咐什么,下官襄助什么。今朝下官襄助海大人,海大人有何吩咐,下官也会鼎力襄助!"吴仁给出个笑,哈腰站定,似在等候吩咐。

见吴仁应对得滴水不漏,绵里藏针,不见一丝儿慌乱,海瑞晓得碰到硬茬了,同时也意识到自己多有过分,遂放缓语气,拱手:"海瑞谢了!请将施氏一案的相关案宗送入西华厅!"

"施氏一案的案宗不在淳安!"

"存放何处?"

"或在臬司衙门,或在府台、抚台,或在大理寺,具体是在哪儿,下官不敢妄断。"略顿,吴仁补充一句,"下官已经禀明,施案涉及倭寇,是通天御案。"

在大明朝,刑事司法是个相对独立的体系,在宫为东厂,在朝为刑部、大理寺,在省为提刑按察使司,也就是臬司,在府县为专事缉拿、处置刑案的专业官员,如典史之类,具体到淳安，就是胡振威。但上述机构拥有的多是缉拿、关押权，并不负责审讯与判决。吴仁的补充显然是在提示海瑞，施案是已经判定并得到执行的通天铁案，复审一无必要，二也困难重重，几乎是不可能的。

"晓得了。"海瑞谢过，轻震惊堂木，"退堂！"

众人纷纷离场，各去各房。海瑞拿起印绶走向二堂，拐进主簿房。

罗元济迎出。

"元济兄，"海瑞将印绶递过去，脱下官服，换回原来的服饰，揖道，"好借好还，你我算是两清了！"

罗元济笑笑，叫来娄义，将两样物品原样交还。

"娄义，"娄义刚要走，罗元济叫住他，"明日祭典城隍及拜印的事，可都安排好了？"

"下官已按吴大人吩咐，安排妥当了！"娄义应道。

娄义转身走去，海瑞叫道："娄经承！"

娄义住步，回头，看向海瑞。

"请问经承，明日拜印的事，吴大人是怎么吩咐的？"

"吴县丞的吩咐是，按照规程来！"

"都有什么规程？"

"海大人稍候！"娄义出去，不一会儿，带回一个册子，上面写着一应流程，单是祭拜城隍、孔庙、文庙、关帝庙等一应庙宇，各有一系列的程式，每一程式里，三牲都是必备的，还有名目繁多的其他祭祀用品。

海瑞的目光落在册子上的文庙上。单是文庙一祭的各色祭礼，就密密麻麻地写满几页，细项如下：

牛一；豕六（六百斤）；羊二（一百斤）；鹿一；兔肉（无兔鸡代），豕肉（二十五斤）；醓醢肉（二斤）；和羹肉（十斤）；大羹牛肉（二斤）；藁鱼（六斤）；鲜鱼（六斤）；黍稷（各一斗五升）；稻粱（各五升）；酒米（并曲计银七钱）；造醢红曲（一斤）；花椒（一斤）；香油（五斤）；莳萝茴香（各四两）；砂仁（一两）；醋（七斤）；酱（五斤）；盐（三十斤）；韭（三斤）；菁芹（各二十斤）；笋干（五斤）；火柴（二十束）；炭（一百斤）；枣（三十五斤）；栗（三十五斤）；榛（二斤）；芡（二斤）；菱（八斤）；通宵烛（十一支共七斤）；备烛（七十斤）；帛（九假）；降真香（一炷）；柏香（十炷）；牙香（二斤）；末香（五斤）；榜纸（二十张）；贴红签纸（三张）；颁胙笺纸（四十张）；糊窗纸（二百张）；执事簿杂纸（一百张）；写榜笔（一支）；写榜墨（一笏）；祝榜纸（一张）。

这般隆重的祭礼场面，身为教谕的海瑞在南平县的文庙里也曾经历过一次，当时只觉得热闹，没想到背后的耗资这般庞杂。

"娄经承，"海瑞细细审过，递还给他，"这套程式走完，得花多少银子？"

"回禀大人,一应开支约在三百两纹银。待这些拜过,大人还要择机前往老君庙、慈恩寺等寺观烧香,由于两地离县城较远,车马及相关祭品费用约在百二十两。"

"这些款项由何方支出?"

"归并于礼房。大人放心,此款皆是明账,早已拨下,吴大人、罗大人他们……"

"也就是说,"海瑞打断他,"在明账之外,还有暗账?"

"这……"经承觉得说漏嘴了,忙不迭地看向罗元济。

作为主簿,县衙里的大小账目统归罗元济管。

"海大人,"罗元济拱手,"账目的事,都在账册里,待大人礼祭、拜印之后,下官会向大人一一禀明!"

"账册我会查看的,"海瑞应道,"先说这四百二十两银子的明账,是朝廷拨下来的吗?"

"不是。"

"由何而来?"

"赋税。"

"赋税是要上交朝廷的,上交朝廷就是入了国库,就是朝廷公款。使用朝廷公款,且是明账,就当是朝廷拨下来的官银,主簿为何又说不是呢?"

"是赋税附加费。"

"何为赋税附加费?"

"就是在朝廷征收的赋税上附加收税,这部分税银就用于县衙各房的机动支配,因为是公开的,所以走的是明账。"

"附加多少?"

"是官税的一至三成,具体多少视年景好坏、县衙开支情况而定。"

"哦。"海瑞轻出一声,闭目良久,转对经承,"明日一应礼仪,尤其是祭拜城隍及各大庙宇等,凡涉及动用税银的,一律取缔!"

"这……"娄义瞠目结舌。

"罗主簿,"海瑞看向罗元济,"从明日开始,赋税就是赋税,赋役等其他任何附加,海瑞都不想看到!"

"海大人,这些话请您在明日承印之后颁令于公堂!"罗元济拱手应过,声音不软不硬。

海瑞略顿一下,咽口气,拱手:"谢元济兄指点!"大踏步而去。

"罗大人?"听到海瑞的步子一路响进西华厅,娄义压低声音。

"照海大人吩咐,取缔明日一应祭祀,只在衙内行拜印礼!"

"罗大人呀,一切都筹备好了,银子也都花出去了!"

"花出去了就花出去了,关你个屁事!"

"吴大人那儿……"娄义朝对面的县丞房努嘴。

"我对他讲。"

吴仁就在县丞房里,方才的对话他也听见了。见罗元济进来,吴仁摊开两手,现出个苦笑。

"吴兄,明天的事,海大人吩咐取缔所有仪程,我应下了,这来禀报吴兄。"罗元济依旧履行禀报程序。

"应得好！"吴仁给出回应词，"海大人体恤淳安百姓，是百姓之福！"

"吴兄，没有别的事，我回房去了。"罗元济没再接腔，转身走了。

吴仁发了会儿呆，起身去寻胡振威。

胡振威一跳三尺高："这不是狗咬吕洞宾吗？是他当知县，是不？我们是在为他捧场，给他长脸，是不？"

"唉，"吴仁长叹一声，"淳安苦啊，县太爷走马灯似的换，来一个，养一个，这刚养养好，就又走了。经年衙中无主，好不容易盼来一个，竟是个水火不入的主儿！"

"吴哥，对付刺儿头，只有一招，来硬的，针尖对麦芒！"

"你呀，"吴仁又是一声长叹，"谁是麦芒，谁是针尖，你先搞搞清爽。再说，听林教谕说，此人自号刚峰，就不是一般的针尖，是锥子！就这几天，看明白没，他是一锥子接着一锥子，尽朝你我的脸上扎呢！"

"吴哥，哪能办哩？"胡振威急了，"别的不说，几大庙观全都备好了，一应祭品、供品、礼品也都备好了，钱大把大把地花出去了，他说不去就不去了，这不是砸人家的饭碗吗？"

"砸吧。"

第 06 章

拜印不拜神

新官上任三把火。淳安知县海瑞尚未拜印就已连放两把，将淳安官场烧了个灰头土脸。

这要拜印了，淳安县衙上上下下够得着场面的百来人齐刷刷地候于大堂外面，静等海大人的第三把火。

他们真也好奇。大凡官员履新都是要走一套流程的，尤其是知县一级。皇权不下县，自秦以降，郡县由朝廷直辖，也自然成为朝廷权力伸向社会的最底一层。皇帝对知县人选的要求是极高的，须经吏部选拔、皇帝亲自诏命。知县对上为皇帝负责，对下统治所辖之域，权力是极大的。作为朝廷伸向社会的最低一级王权标志，知县履新是件大事，久而久之形成一套祭拜天地神灵、追思古圣先贤、昭示浩荡皇恩的不成文程式，以期垂范百姓，安定民心。这套程式包括城外迎官、祭拜城隍、礼拜仪门、大堂承印，在县衙之内兜青龙、拜灶神和土地神等，而后是拜文庙、孔庙、寺庙、关帝庙等一应庙宇，再后是清点吏属、盘查库房、巡视城防等一应交接事务。这套仪程统称为"新官上任三把火"，因为每一程式都有相应的礼仪，每一套礼仪都需要点火焚香，虔心敬意。

然而，自抵达淳安的那一刻起，海瑞就无视程式，将县丞、主簿等精心筹备的仪式一项项化解。作为朝廷命官，不走程式就是作贱皇权，说小了是妄自尊大，说大了是目无天地皇恩，一旦被人弹劾，后果十分严重。尤其是这天的拜印仪式，及至大堂这步，主要由经承以上的僚属参与。海瑞倒好，要求县衙之内的所有僚属，包括皂役，全部参与。

谁都不晓得海瑞的葫芦里装的什么药，都想看他如何无视固有程式地走完自己的拜印程式。

仪式开始了。

海瑞走过来。

海瑞穿着他的新官袍，戴着他的新乌纱，跟在礼房经承娄义的身后，走向仪门，朝仪门三叩首，之后跟随娄义，一直走到大堂前面。

娄义将印绶缓缓放在正堂中心的几案上，朝印打个礼，转身退下。

海瑞走到案前，在大堂中心站定，朝官印三拜九叩。

海瑞拜毕，起身，缓步走到几案后面，站在他的大椅子前，转过身，面对大堂。司印上前，打开印绶，验印，确证无误，双手呈给海瑞。

海瑞接过印绶，高高举过头顶，闭目默祷几句，轻轻放下，摆在案前，摸起惊堂木，轻轻一震。

大堂里鸦雀无声，无数道目光盯住他。站在前面的是吴仁、罗元济、胡振威、林兆南四人，其后是李捕头、六房经承、牢头、训导、驿丞、库头等，再后是书吏、皂役等一干人，齐伏伏的，尽皆站着。

无论如何，这是新任知县第一次与僚属正式见面。

海瑞不无威严地扫视堂下。自收到朝廷诏命的几个月来，海瑞的所有筹备为的都是眼前这一刻。

"诸位同僚，"海瑞拱手一圈，发表他上任之后的第一通训话，语气真诚，"承蒙上皇恩典、朝廷提携，琼地儒生海瑞从此时起始，正式履职浙江省抚下严州府淳安县知县。从今以后，海瑞要与诸位同僚同居一个屋，同饮一井水，同食一锅粥，同操一处心。"

这些都是官面上的过场话，众人没有反应，只是静静地听着。

"作为同僚，海瑞有几句心腹之语诉于大家。"海瑞放低声音，但中气十足，"海瑞此番履职淳安知县，可以算是平生第一次真正做官，不是太懂官场规矩。近几天的事，尤其是今天，想必大家都看到了，也都心存疑虑。海瑞就此略作解释，以免误会。到淳安后，海瑞领教到一套官场履职程式，就是祭拜天地鬼神、往圣先贤，而后是拜大印、兜青龙之类。海瑞思考再三，除拜大印之外，其余尽皆略去。有人会问，难道你海瑞不祭天地鬼神、不敬往圣先贤吗？我祭，我敬，我海瑞不敢不祭，不敢不敬！可海瑞以为，祭要祭在真诚，敬要敬在心里，不要祭在程式，敬在表面。什么是天地呢？天地是生我、养我、荫我、佑我的地方。天地由谁辖制呢？由神灵辖制。具体到淳安，就是县城里的城隍爷、各乡里的土地爷、各家各户的灶王爷，作为一方知县，我海瑞怎么能不祭拜呢？我为何要去祭拜呢？因为我是知县，我理当为这方天地的所有百姓求取护佑。求取神灵的什么护佑呢？使百姓寒有衣，饥有食，居有房，少有所抚，老有所养，过好安定太平的日子。但是，我问过了，一应祭拜流程是要花钱的，而所花的钱都要由淳安的百姓承担。若因此祭而去骚扰淳安百姓，去多收他们的赋税，使他们寒无衣、饥无食、居无房、少无所抚、老无所养，请问诸位，我海瑞之祭有何意义呢？天地鬼神又何以受用呢？以此类推，往圣先贤之敬，亦复如是。还有，兜青龙、拜大仙之类，我也略去了。为什么要略去呢？子不语怪力乱神。作为儒门弟子，我若是兜青龙以炫示权力，拜大仙以抱紧印绶，又有何颜面踏进孔庙拜祭孔老夫子呢？所以，今天我什么都略去了，只拜印绶。为什么要拜印绶呢？因为印绶是朝廷授予我的，是上皇万岁授予我的。朝廷与上皇为什么要授予我呢？要我来做淳安县的知县！"

海瑞以大话开场，绕来绕去，却是在解释他不走那些流俗程式的因由，且这因由是这般完美，这般高大上，这般接地气，任谁也驳他不倒，自然也将由此弹劾他的通道预先堵死了。

"所谓知县，"海瑞转过话题，提高声音，"就是知一县之事。一民不安其生，一事不得其理，皆是知县之失。如何去知一县之事呢？上为朝廷，海瑞将奉若父母；中为抚、按、藩、臬、僚属、过客、乡士，海瑞将事若长兄；下为吏书、里老、乡民等，海瑞将待若子民。诸位同僚，你们与海瑞同居一衙，皆为海瑞僚属，未来岁月，海瑞将以诚敬之心事诸位如兄弟手足。诸位同僚，我们自幼受洗于儒门训诫，为官以廉，为人以洁。什么叫廉呢？廉就是刚正。什么叫洁呢？洁就是不染。海瑞深知，廉他人易，廉自己难；洁他人易，洁自己难；是以为人处事，可以廉己，不可以廉人，可以洁己，不可以洁人。海瑞亦知，过洁之人易招毁惹谤，是以言行不可过于认真，认真就会生怨取祸。然而，海瑞更知，逆上皇恩宠，背朝廷重托，行乡原小人之道，并以此道接待子民，事长兄弟，沽名盗利，窃官取爵，断非知县所为，亦非海瑞所为！"

讲到此处，海瑞激昂慷慨，声如洪钟，扫视堂中，却见众人无不一脸错愕。

"海瑞盟誓于此，"海瑞视若无睹，一手指天，"请诸位同仁做个见证。自今日始，海瑞必以廉洁二字奉公律己，知淳安县事，但有违逆，人神共殛！"

众人面面相觑，没有人接腔，更无鼓掌或喝彩。

情况似乎是，站在海瑞面前的是一群哑巴。

"诸位同仁，"海瑞指向外面，继续慷慨陈词，"海瑞于三日前踏入淳安，一路走来，但见行乞者不绝于途，衣不蔽体，大多是与海瑞逆向而行的，与之交谈，皆是淳安人。诸位同仁，他们是在逃离淳安啊，逃离这个海瑞要来做知县的地方！昨日海瑞巡视城池，又见城墙缺失，城门失修，西门更是连门也找不到了，只有一个门框竖在那儿。听闻三年前有倭寇入侵，未费弹灰之力，大肆掳掠我淳安百姓于残垣之内，烧杀奸掠，肆意妄为。海瑞问过，倭寇不过数十人而已。我淳安青壮数以万计，就这么眼睁睁地看着倭人肆意妄为，掠夺我财物，凌辱我妻女！诸位大多是历过此劫的人，海瑞初来乍到，不想就此多说什么。海瑞巡游市集，更见市场凋零，码头虚空，店肆多半关门，民众多无生计。尝闻淳安山清水秀，鱼肥米丰，交通八方，为江南富庶之地，今朝何以至此，海瑞百思不得其解，今为知县，这又不得不解之，诚望诸位鼎力襄助！"

讲至此处，海瑞站起来，拿下乌纱帽，向堂下人众左右拱手一轮，深深一揖。

海瑞讲得声情并茂，热血喷涌，满堂的"同仁"却哑然失声，抬着的头也都纷纷勾起，连气都没有人粗喘。面对海瑞的这一揖，竟是无人回礼。

"诸位如何襄助呢？"海瑞揖过，重新戴上乌纱帽，指向大堂，"请让个道！"

众人让道。

"抬上来！"

众人循声望去，见两个书吏抬着一堆案宗走进，一直抬到案前，放下来。

"就从这堆讼案裏起！"海瑞朗声宣告，"民不患贫，而患不均。本堂对天盟过誓了，自今日起始，淳安县衙开放诉讼，凡淳安之民，有讼可诉，有冤可申，本堂誓言做到季无积案，年无沉冤，还百姓一个清平淳安！"

对海瑞宣布的这个重大治理举措，众人仍旧没有反应，无不定定地站着，静静地听着。

"还有，"海瑞接着宣告，"从今年开始，除朝廷公开的征收之外，不得再有任何额外摊派！"

"啊？"不知是谁惊叫一声，众人就都跟着叫嚷起来，堂中一时嘈杂，因为谁都晓得，取缔额外摊加的这部分税负对堂中的所有人意味着什么。

海瑞震动惊堂木。

全堂安静下来。

海瑞扫视众人，目光落在刑房经承身上："捕头、刑房经承？"

李捕头、刑房经承裴勇出列："下官在！"

海瑞指向那堆案宗："从今日始，本县过审这些讼案，你们这就告知相关事主，明日卯时至本衙候审！"

李捕头、刑房经承拱手："下官得令！"

海瑞声音低沉："退堂！"

众人面面相觑。拜印之后必不可少的一环是点卯，就是由吏房经承拿出全衙官吏的花名册，由新知县逐一核实并签字，海瑞竟也省了。

"海大人，"吴仁以为他忘了，小声提示，"是否还要点个卯？"

"这些虚礼就不必了！"海瑞回复的声音很大，语气干脆，显然是在说给所有人听，"本县以后有的是时间，会到各处吏房详细核实。"

就县衙来说，没有什么能比新任知县的上任与拜印更热闹、更隆重了。由于双方互不了解，无论是知县还是僚属，无不竭其所能地借此机缘留给对方一个好印象，因而无不谨小慎微，生怕闹出纤毫差错。

自进淳安后，海瑞一反常态的做派，方才训话中由大及小、由上及下的苛责、要求及最后一句"会到各处吏房详细核实"，犹如一块巨石，沉甸甸地压向堂中所有僚属、吏员的心头。海瑞讲完，没有一人鼓掌，没有一人接腔，甚至连海瑞如何在一声"退堂"后拿起印绶走出大堂都是懵懂的。

堂中气氛压抑得几乎喘不过气来。海瑞走出老远，堂中的空气依旧绷着，所有吏员依旧呆呆地站在原地。

"吴哥？"胡振威压低声音。

许是堂中太静，声音再小也是谁都可以听见的，所有人就都围拢过来，尤其是那些主管一方的中层，包括六房经承、捕头、牢头、驿丞、训导、库管等，似乎吴仁才是他们的主心骨。

"唉，你们看着我做啥？"吴仁摊开双手，一脸无奈，"回去吧，各自清好账目，盘好库存，恭候海大人核审！"

"吴大人，"刑房经承小声道，"账目怎么清、库房如何盘，您得给个章程！"

"如何清、如何盘的事，你们当问罗大人！"吴仁说完，动身走出大堂，径投二堂，步入自己的县丞房，用脚勾住门扇，用力一蹬，将门关得山响。

大堂中，没有账目的都走了，余下的都是各房主事。

所有目光看向罗元济。

"该怎么算就怎么算，该怎么盘就怎么盘。"罗元济给出章程。

"可这……"礼房经承娄义小声接道，"明账好算，暗账如何处置？"

"明账算明账，暗账算暗账。海大人要明账，你们就给出明账。海大人要暗账，你们就给出暗账。"

众人愕然，面面相觑。

"罗大人，"李捕头凑前一步，"我这儿的账怎么算？没有明账，只有暗账！钱我确实收了，可花这钱的并不是我一个人！"

"不是你一个人，你就写明不是你一个人。"罗元济淡淡应道。

"罗大人？"李捕头目瞪口呆。

"你们谁还有话？"罗元济看向众人。

众人面面相觑。

罗元济转个身，大踏步去了。

县丞房里，吴仁正自闷坐，一阵脚步声近，门被推开。

是胡振威。

"关上！"吴仁眼睛没睁。

胡振威关上房门，又夸张地闩上。房间暗淡下来，只有窗棂里透进的光。

"吴哥，明白了吧？"胡振威没有坐，在房间里踱来踱去。

"要么站着，要么坐着，动来动去，要晃我眼吗？"

"你的眼皮不是合着吗？"

"眼皮合了，心没合！"

"没合就对了。"胡振威在对面椅子上坐下，"看这架势，姓海的远不只是个刺儿头哩，一到淳安，就一而再、再而三地专打吴哥的脸！"

显然，胡振威是来燎火的。吴仁没有睬他。

"方才的事，兄弟我越想越气。哪有知县上任不点卯的？吴哥好心提醒他，他非但不领情，反倒一句话把吴哥噎死！他噎死的还不只是吴哥，是大堂里的所有兄弟！他这是真把淳安当南平了！"

吴仁依旧没理睬。

"吴哥，您不会就这样——"胡振威刻意顿住。

"就这样什么？"吴仁抬头了。

"听他摆布！"

"他是知县，不听他摆布，还能如何？"吴仁看向他。

"知个屁县！"胡振威握拳，"只要吴哥发句话，我立时三刻就让他焦头烂额，熬不过三个月，自行滚蛋！"

"说说，你如何让他熬不过三个月？"

"吴哥甭管，在这道衙门里，在淳安县境，没有人敢向……吴哥叫板！"

"说说！"

胡振威起身，在他耳边嘀咕一阵。

吴仁一震几案："断不可行！"

"吴哥，"胡振威急了，"哪能办哩，你说！"

"你的假还没休吧？"吴仁盯住他，"还有李捕头、各房经承他们，天天忙于公务，依照惯例，都该休假，是不？你询问一下，要是无假可休的，是否有个别的事？"

"吴哥是说……"胡振威眼珠子急转几下，"咱给他来个釜底抽薪？"

"抽什么薪呀，"吴仁回他一个苦笑，"人家是刚峰，是万岁爷钦命的官，是县太爷，我等惹不起，躲一躲总是可以的吧。"

"明白，兄弟这就照吴哥的意思吩咐下去。"

"甭扯吴哥！"吴仁扬手，"记住，不要强迫，要大伙儿自愿；不要一股脑儿走，要今儿一个，明儿一个，自自然然，该谁走、该谁不走，也得循个章法。"

"什么章法？"

"海大人的兴致！"

"妙呀!"胡振威眼珠子又转几下,豁然开朗,一拳震几,"明朝审案,我就不信他有三头六臂!"

第07章
快手断积案

退堂之后，海瑞吁出一口长气。

明日就要升堂审案，海瑞还有不少案头工作要做。这三日来，他已阅完刑房里积压的所有待审案宗，将之归为三类：一类是证据确凿且依律可判的，一类是依律可判但证据尚未完备的，最后一类是相对棘手的，也即依律难断且证据不清、需要再行审讯的。

海瑞吩咐刑房书吏将三类案宗分别归档，由易入难，先从第一类审起。第一类共有六十九宗，海瑞计划在三日内审完，遂吩咐刑房经承裴勇出具通告并传票当事人于次日卯时入衙候审。

安排完这些，海瑞又将六十九份案宗带回西华厅，做最后审读。

第一次判案，海瑞不能不谨慎。

海瑞正自审读，一人悄无声息地溜进，在几步外站下。

海瑞抬头，吃一惊："蕉儿？"

"阿爸——"海之蕉跪下，声音低得他几乎听不见。

"蕉儿，阿爸在忙活公事呢。"海瑞盯住她，手不释卷。

海之蕉没有应声，只是跪着。

"有事吗？"海瑞放下宗案。

"我要离开这儿。"

"去哪儿？"

"回琼山。"

"这怎么行？啥人送你？"

"我自己走！"

"不可以！"海瑞一口否决，"路途这么远，还要过大海，你才十三岁，又是个姑娘家，出个啥事儿哪能办哩？"

"大不了一死！"

"蕉儿？"

"我不想待在这个家，我受够了，我去找我阿妈，找我阿姐！"

海瑞没再说话，站起来，走到一侧。

"阿爸，求您了，放我走吧！"海之蕉连叩数头，声音哀求。

海瑞拎出琴盒，摆她跟前："你看看这个？"

海之蕉抬头，眼睛睁大了。

"打开!"

海之蕉打开琴盒,怔怔地看着这把闪闪发亮的老琴。

"弹下试试,音色正不?"

海之蕉拿出琴,摆好,拨动琴弦。声音纯正。

"给爸弹一曲。"海瑞望着她,目光鼓励。

"阿爸,我……"海之蕉眼泪出来了。

"弹吧,孩子!"

"弹什么?"

"弹你想弹的!"

"蕉儿不敢!"

"为何不敢?"

海之蕉看向内宅的后院。

海瑞回到书案前,坐下,目光回到案宗上:"蕉儿,从今日开始,你想弹琴了,就到西华厅来,弹给爸听。听着你的琴,爸就不累了!"

海之蕉含泪点头:"阿爸,您想听什么?"

"听你的心!"

海之蕉再试一下,弹奏起来,琴音凄婉。

"什么曲?"

"李清照的《声声慢》,我……弹得不好。"

"是这个调!"海瑞笑笑,摇头晃脑地吟道,"寻寻觅觅,冷冷清清,凄凄惨惨戚戚。乍暖还寒时候,最难将息。三杯两盏淡酒,怎敌他早来风急……"

"是'晚来风急'！"海之蕉急切纠正。

"呵呵，是'晚来风急'，瞧阿爸这记性！"海瑞笑起来，埋头于书案。

琴声传到灶房，正在拿水瓢向锅里舀水的海谢氏听个真切，脸色黑下来。

海谢氏放下水瓢，噌噌走出去，循琴声走到内宅前院，在院中又听一时，隐身树下，悄悄走近西华厅。

海谢氏看得真切，是海之蕉在弹，海瑞腰杆子笔挺地坐在书案后面的椅子上，聚精会神地阅读案宗。

海谢氏止步了。

海谢氏闭会儿眼，轻叹一声，一步一步地挪回后院。

黄昏时分，北风再吹，刚刚暖和起来的天气再一次转凉。

阿德端来晚饭，是一碗粥与两张葱油饼。海瑞匆匆吃过，将碗放过一边，缓步走出内宅。刚至二堂，罗元济看得真切，从主簿房里走出，站在门外，候着他，显然有话要说。

"海瑞见过元济兄！"海瑞拱手。

"下官见过海大人！"罗元济回个揖。

"没吃晚饭吧？"海瑞不无关切道。

"这就去吃。"罗元济笑笑，从袖袋里摸出一函，"吴县丞托下官将此函转呈大人，说是告病几天。"

"他怎么了？"

"说是身体不适。"

海瑞有点儿明白了，接过信函，没有拆看，看向罗元济，声音平和："还有何人告假？"

"典史和李捕头。"罗元济又摸出一封，"这是他们一并转呈大人的。"

"也都生病了吗？"海瑞接过，合在吴仁的函上。

"典史与李捕头为正常休假。按照规制，典史当休一十四日探亲年假，李捕头一十二日。可他们的家就在县城，加之过年辰光容易出事，尤其是喜庆焰火往往引发火情，每逢过年，就由他二人留衙当值，之后补假。"

"教谕呢？"

"在县学里呢。淳安有三十三个秀才今年参加乡试。"

"元济兄，"海瑞盯住罗元济，"你为何不告病？"

"下官也想告病，"罗元济笑了，"可这身体结实着呢，探亲年假也休过了。"

"元济兄家乡何在？"

"徽州。"

"徽州好地方呀，商贾遍天下，元济兄为何没有经商呢？"

"不是那块料！"罗元济转过话题，"海大人此来，是扎下架势了！"

"算是吧！"海瑞应道，"一是家庭拖累，在下扔不下他们，二也是示给淳安百姓，海瑞要在此地安家落户，扎根发芽！"

"浪打的浮萍，走马的官。海大人立此愿心，是淳安百姓之福！"

"海瑞人地两生，还要仰仗元济兄扶持！"海瑞拱手。

"大人但有吩咐，下官恪尽职守而已！"罗元济回揖。

别过罗元济，海瑞没心再转，返回西华厅，打开吴仁、胡振威、李捕头三人的告假函，看一会儿，码在书案上。

显然，这三人是结成伙儿对付他的。他已明令审案，而审案的关键人物正是吴仁、典史与李捕头。吴仁主管刑房、吏房、兵房等衙内事务，理当得力襄助。典史掌管衙内司法，对大明律令熟稔于心，对作奸犯科者如何量刑，往往由典史给出初步量权建议，再由知县拍板定案。至于李捕头，更是审案过程中不可或缺的人物，相关衙役如何排班、如何造势、必要时如何用刑、定案后如何督察、实施知县判决等，都要落实到捕头身上。而今，在他真正行使知县权力的第一天，三人尽皆告假，摆明是给他难堪。

想到几日来实在没给人家面子，人家不过是个回敬，海瑞笑了。

然而，在次日开衙升堂时，海瑞未能再笑出来。衙中人大多告假，连刑房经承裴勇也捎来口信，说是脚踝扭伤了。

海瑞放眼望去，在大堂待命的只有刑房一个书吏与班房的三个衙役。

海瑞正在询问各人的事由，罗元济来了，与海瑞见过礼，扭身坐在大堂右侧他的那张斜摆着的主簿案后。

审案本不该罗元济的事，但这辰光，罗元济的到场可谓恰到好处。海瑞会心一笑，目光落在刑房书吏身上："叫何名字？"

"回禀大人，小人姓钱名春来。"钱春来应道。

"本县今日升堂审案的通告，可都发布了？"

"发布了。"

"首批六十九宗讼案，当事人可都发出传票了？"

"发出了，已有一十三人在仪门外候审，陆续还会有人赶至。这是名单！"那书吏双手奉上候审人员的名单。

海瑞一震案上堂木："开堂！"

吴仁的家位于西湖北岸再北的溪水拐弯处，离县城不到三里，是个占地过二亩的三进院落，徽式建筑，院中花木奇石，美不胜收。

前院中堂是吴仁的客堂，装修精致，书房很大，书架上摆满书籍。堂中悬挂一块大匾，匾上写着"仁德天下，知行合一"，落款是王守仁。

天色黑定，胡振威带着李捕头进来，见吴仁盘腿坐在蒲团上，似入静境。

"吴哥呀，"胡振威大声叫道，"甭神游了，有大事哩。"

吴仁睁眼。

"那刺儿头审案了，由卯时一气儿审至申时，天苍黑才算结案！"

吴仁眼角斜向李捕头，半是自语，半是问询："衙里都没人了，他怎么审？"

"回禀大人，"李捕头应道，"据衙役禀报，姓海的不像是审案，倒像是请客拉家常，没打一次杀威棒，壮班房里的三个衙役闲得没事做，姓海的就让他们守在堂门外，请客进来，送客出去。姓海的问话与讼案人的答话由两个书吏记录。姓海的问完一案，送客，接问下一宗，当堂不判，只让他们候在仪门外。"

吴仁怔了："这般问法，能问多少人？"

"问了二十五宗。"

"二十五宗？全都没判？"

"判了。"

"怎么判的？"

"从申时起判。姓海的让所有涉案人员全部来到大堂，黑压压站满一堂，然后，罗大人念名单，念一个，姓海的判一个，二十五案全部判完，刚好一个时辰！"

吴仁瞠目结舌，看向典史。

胡振威恨道："原告与被告，竟然全他娘的服判，还对他感恩戴德！只有一个输官司的嘟哝一句不公，那刺儿头拿出律令，一条一条与他核实，还没核完，他就认了。照判决打他三十大板，那人愿以三十两银子来赎板子，那刺儿头不肯，硬让衙役打他三十板。他奶奶的，一板子一两银子，这等好事儿哪儿寻去？"

吴仁闭目。

"照他这般审法，六十九宗案子，不要三天就审完了！"胡振威接道。

"吴大人哪，"李捕头丧起脸，"姓海的这般审法可就断了兄弟们的财路了！单是今朝，其他不说，只板子一项就少收银子不下百两，哪能办哩？您得给个章法，不能由着他胡来！"

"李捕头，"吴仁猛地睁眼，看向他，"你不可叫他姓海的，要叫海大人！"

李捕头急了："吴大人？"

"听见了吗？"吴仁直盯住他，声音严厉。

"听见了，从今往后，我叫他海大人！"李捕头吐个舌头。

"待你的假用完，就应海大人的卯去！"吴仁给出指令，闭目。

"小的记下了！"李捕头晓得吴仁在赶客，哈腰揖过，又朝胡振威打个拱，急步离开。

吴仁眼睛没睁，说给胡振威："你也走一趟，有请元济兄！"

过有小半个时辰，胡振威带着罗元济到访。吴仁携其手请进中堂，端上早已备好的茶盏："元济兄，晓得你欢喜黑茶，这不，刚煮下的！"

"仁兄客气了！"罗元济接过，小啜一口，"好茶！"

"元济兄，晓得你睡得早，这么晚了在下还要相扰，实在抱歉，也是迫不得已！"

"出啥事了？"罗元济又啜一口，看向吴仁。

"依旧是海大人的事。"吴仁苦笑一下，"今朝海大人断案，元济兄自始至终在场，细节在下就不说了。在下忧心的是衙门里的事！"

"衙门何事?"罗元济放下茶盏。

"过去的事。"吴仁接道,"远的不说,自元济兄调任淳安,也过三年了。这三年里,淳安大小事务,元济兄无有不晓的,在下也对元济兄无一隐瞒,可谓是有事共谋,有利共享,有难共担。相较于邻县,淳安做得并不算差,也没有多少出格的事。可元济兄晓得,官场之事,难得糊涂,较真不得,否则,大伙儿就无法也无心做事了。可这几日,观海大人为人处事,是个分外较真的人。较真的人主政淳安,往好处说,是好事,往不好处说,是难为人的,尤其是对你、对我,还有振威、兆南诸兄。"

"仁兄有何吩咐?"

"账目。"吴仁点出主题,"海大人取缔附加赋税,这又变相取缔罚金,就等于断了衙门的财路。元济兄是主簿,大小账目都在掌握中。照他这般做法,我等活路就完全依仗朝廷薪俸了,而朝廷薪俸能否养活一家老小,元济兄是晓得的!何况今日官场,也完全不是活命的事,人情往来是少不了的,还有官场应酬,这些钱从哪儿出?"

罗元济闭目喝茶。

"元济兄,"吴仁摊开底牌,"在下请你来,是想听你的见解。海大人审完案了,定会盘查库房,清点账目。库房与账目都是有的,但有些账目是不能较真的。前番三任知县,罗大人、苏大人等,审核账目无不是走个过场。观海大人处事,这个过场是断不肯走的,若是较真起来,你我怕就解说不清了!"

"依仁兄之意，该如何做？"罗元济问道。

"只做明账，不做暗账！"

"暗账毁掉？"

"对，所有暗账，全部毁弃。"

"仁兄，"罗元济思考有顷，抬头，盯住吴仁，"毁账容易，立账却难。海大人既为较真之人，我们把账目全部毁了，待他较起真来，你我拿什么解释？我们解释不清，海大人就会如实表奏。海大人表奏，上面势必追查，那么大的账面亏空，这又没个暗账，你我拿什么填补？"

吴仁心里一凛："元济兄可有应对？"

"在下以为，"罗元济再次品啜一口黑茶，"对付较真之人，只有较真。我们把明账、暗账一并做了，他要看明账，就给他明账；他要看暗账，就给他暗账。数字对上了，收支对应了，谅他也无话可说。"

"这都是搬不上台面的！"

"各县各衙都是这般做账的，这在官场里任谁都晓得。再说，要担责，也轮不上你我这般襄助的人。前有罗大人，后有苏大人，还有一个关在牢里的大人，海大人若是较真，就让他自行查证去！"

"谢元济兄指点！"吴仁转过弯来，拱个手，转对胡振威，"听主簿的，让各房各库该怎么做账就怎么做账，数字对齐整点儿，账面弄漂亮点儿！"

"听吴哥的！"

送走罗元济，胡振威返回书房，轻声问道："吴哥，明账好办，暗账哪能这个整法？尤其是李捕头、牢头那厢，全都说不清。"

"我晓得说不清。"吴仁给出章法，"明账交给元济，暗账找你算盘舅子，凡有说不清处，让他圆掉就是。"

"听吴哥的！"

第08章
算计栖凤楼

栖凤楼位于上直街，邻江而设，处在施家码头与淳安县驿的中间位置，取的是方便过路的客商。

次日上午，胡振威信步走进栖凤楼，却不见他的算盘舅子何常，询问堂倌，方知他去绣衣第了。

胡振威大步拐向绣衣第。

绣衣第位于上直街再西的西门街，两街是连通的，共同构成一条东西向的长街。出西门街就是郊区，那里有淳安县的官方驿站，青溪驿。

绣衣第为一座古老宅院，据传大门上的御匾是宋代宁宗皇帝赐的，以奖赏出宫返乡的三名淳安绣女。自宋之后，此宅院成为淳安绣女的家园，也是淳安县刺绣行的总坊。八年前，绣衣第转入施会民手中，成为施家绣行培训全县绣工的总坊，旗下培训并管理数百绣工。这辰光收作县产了，绣衣第暂交县衙里的工房监管，其麾下绣女们的绣品主要就卖给织造局了。由于织造局给的工钱太低，又遭县衙及绣衣第管理人员的层层克扣，绣女们生存不下去，没人再接活儿，绣衣第的生意一落千丈。

胡振威赶到时，何算盘正蹲在绣衣第的院子正中，望着空荡荡的宅子发呆。

"常哥，你蹲这儿做啥？"胡振威怔了。

"瞧这院子，多可惜！"何算盘努个嘴，不无感慨。

胡振威瞄一圈，在他身边蹲下："常哥，别不是相中这套院子了吧？"

"总不能一直空着呀！"

"这院子阴气足哩！"胡振威压低声音，"我听人说，姓施的正是因为盘下这院子才倒大霉！"

"纵使他不盘下，也照样倒霉！"何算盘笑了。

"为什么呀？"

"不为什么，"何算盘转过头来，诡诈一笑，"晓得运不？人要是走起霉运来，喝口清水都会噎死，是不？"

"我的常哥呀，"胡振威笑起来，"没想到你的心胸介大哩！绣衣第这再到手，施家的所有家当就都捏在常哥的手心里了！"

"还不是为的你们！"何算盘横他一眼，站起来。

"是了，"胡振威也站起来，"常哥要搞定这栋房子，眼下就是机缘!"

"哦?"何算盘看过来,两眼放光。

胡振威遂将吴仁托他摆平府衙里暗账的事一一讲过,末了道:"常哥可借此机会,将这宅子纳入名下,工房那儿,我去疏通。不过,常哥多少得出点儿血!"

"成。"

"暗账的事,就劳常哥上心了。海大人是个难缠的主儿,软硬不吃哩!"

"他算个屁!"何常冷笑一声。

"常哥?"

"你随我来!"

何常转头走回栖凤楼,将胡振威让进他的大账房里。栖凤楼共三层,何常的大账房位于第三层的最东端,三面开窗,向南正对新安江,向北直面城隍庙岭,向东可见江水如何南折并接纳来自东北及东湖的布袋沙水,形成一道三水相汇的景观。这房间原是施会民待客用的,这辰光由何常用作账房了。

"啥好事儿?"胡振威迫不及待了。

何常在曾经属于施会民的大桌子跟前坐下,不慌不忙地拉开抽屉,摸出一封家书,递给胡振威。

是小姨子赵何氏写来的。

胡振威抽出来,刚读几句,喜不自禁:"嘿,小妹有喜了!"

"是哩,"何常以指背轻叩桌面,"说是看过大夫了,是个带棒棒的!"

"哎哟喂！"胡振威握拳，"听说赵大人想儿子要想疯哩，小妹为他赵家立大功喽！"

"待娃子生下来，小妹或就扶正了。"

"是哩！"胡振威又是一握拳，"赵大人断不肯让他的嫡长子出于偏室！"

"不瞒妹夫，"何常收起手指，看向他，"前几日，我还有点儿忧心海大人，怕他揪住施家的案子不放，这下妥了，任他怎么闹去！"

"这几日来，他一直没提这案子，许是没有顾上！"

"提与不提都没关系了，"何常盯住胡振威，"这辰光我忧心的是你们这些官员！"

"是的，是的，"胡振威连声附和，"那刺儿头一来，淳安官场真就是鸡犬不宁哩。吴仁让他气得胸闷！"

"他闷的不应是今朝，而应是明朝！"

"常哥？"

"这几天海大人断案，我仔细审了，是个清官，是个能官。照他这般断法，今后的淳安衙门就是清水一潭。水至清则无鱼，上上下下的好日子也就到头了。"

"让小妹施点儿力，快把他弄走得了！"

"弄走也于事无补！"何常接道，"海大人已为淳安百姓立下模板，即使他走了，老百姓也会记住这个模板，再有断案不合这个模板的，百姓就会视作不公，就会群起闹事。你们这些官员天不怕地不怕，就怕老百姓起来闹事儿，是不？"

胡振威吸入一口长气，缓缓呼出，看向何常："常哥，您脑门儿清，出个良策！"

"没有良策，只有一个笨策，挤走海瑞。我断定了，他不是我们这个窝里的人。"

"怎么挤走？"胡振威两眼放光。

"我支你三招，"何算盘摸过算盘，哗啦啦地随手拨动算盘珠子，"一是做好衙门里的账目，在账目里设陷，海大人只要盘查，就不得不陷进去。"

胡振威两眼大睁，刚要发问，被何算盘扬手止住，另一手继续拨动他的算盘珠子，声音极大："二是查找海大人的毛病，在磨道里寻出驴蹄子印，一找到就放大它们，通过内外两种渠道挤走海瑞。三是在施柳氏的案宗里挖坑。施柳氏鸣冤，海瑞接案，这是扳倒海瑞的终极砝码！"

何算盘几乎是一口气讲出三招，胡振威听得瞠目结舌，好半晌方问："常哥呀，您这讲得高深，威弟赶不上趟哩！先说这账目，怎么设陷？"

"所有的陷都在暗账里！"

"没错呀，吴仁将明账交给罗元济，想设也没法儿设，我们也只能设在暗账里。关键是，怎么设？"

"我问你，暗账都在台面下，拿不出手，是不？"

"是。"

"暗账收益都用于衙门里僚属吏胥的福利支出，是不？"

"是。"

"还用于支应上级官员、迎来送往,是不?"

"是。"

"这就是了。"何算盘停住算盘,晃起脑袋瓜子,"将所有这些全列进去,不但列进去,还要尽可能地夸张些,将你我不便出手的账目全列里面,譬如说这绣衣第。官场是张大网,是张巨网,上面爬满大大小小的蜘蛛。海瑞只要触动这张网,就将遭到反弹,被大大小小的蜘蛛扑上来缠咬,咬不死他也吓跑他了!"

"哎哟!"胡振威豁然顿悟,急切追问,"二呢,怎么查那头犟驴的蹄子印儿?"

"这个你与吴仁商量!"何算盘笑道,"吴大人重面子,不甘屈居人下。自闹倭以来,淳安在明面上是吴大人的。海大人这一来,左右打的无不是吴大人的脸。在海大人之前,淳安县能够立事的是四人,你与吴、罗、林。你与我一样,都是土包子,只能做个地头蛇,混口饱饭就心满意足了。人家三人不同,哪一个都是进过举的,也都入了吏部的册子,与海大人平起平坐。罗元济城府深,跟谁都不远不近,搞不定他。林兆南是个书呆子,文庙里的那摊事儿够他忙活的。海大人一到县衙里就横着走路,觉得憋屈的也只有吴大人。海大人的蹄子印儿,不消你我用心,想那吴仁自会戴着西洋镜儿里里外外寻个遍呢!"

"常哥解得好,我得空了多去煽煽风,让他的气儿一直憋着,甭泄去了。这三呢?施家案子早已结了,哪能成为扳倒犟驴子的坑呢?"

"正因为结了才是坑！"何算盘眯起眼皮，进一步解道，"施案的坑在于御批。封海抗倭是万岁爷定的国策，任谁通倭都是逆天。施会民不仅涉险出海，还直接通倭，勾引倭人窜犯淳安，是逆天犯上，万恶不赦之罪。定下他罪的是刑部，更有万岁爷御批。海瑞要翻此案，就得推翻刑部，违逆万岁爷御批，这叫啥？这叫犯上，犯上就是作乱，就是找死！再说，施会民已经死了，一死百了，所有证据都在施会民的肚里，海瑞还能怎么查？"

"常哥的意思是让他查去？"

"不但让他查，还要煽动他查，让他查到万岁爷头上，掀翻万岁爷的御批！"

"谅他没有这个胆子！"胡振威笑了，看向外面，"那娘儿俩哪能办哩？有她们在这城里，你我早晚睡不安生！"

"供着，笼着，宠着，哄着！"何算盘不无得意地再次拨动起他的算盘珠子。

"可这……"胡振威蒙了，睁大两眼。

"唉，"何算盘停下算盘，长叹一声，"威弟呀，路不能一次性走绝，是不？无论如何，人家把家业全都转到咱的手里了，剩下个孤寡无依无靠，咱不供着，心里能踏实吗？再说，有她娘儿俩时不时地进到衙子里拱个火，海大人才肯上劲儿，是不？海大人只有上劲儿，才肯去跳万岁爷的那个坑，是不？"

"好常哥呀，哈哈哈哈！"胡振威恍然大悟，爆出一声长笑。

第09章

奶孙互抱怨

县里的积案看起来不少，真要审起来，却也没有多大审头。六十九宗案子，海瑞审完三日就见底了，至第四日开始处理复杂案子。第二批案宗，看起来不少，数量却是少多了，前后不足二十宗，海瑞先后忙活十日也就差不多结束。

这中间，请假的僚属们陆陆续续回衙执差。最先回来的是吴仁，在海瑞升堂审案的第七日就拖着"病体"来到大堂，朝海瑞见礼。海瑞问候他的病情，要他继续养病，吴仁谢过，说他感觉好多了，在家憋得慌。之后几日，大部分有"事"的吏员纷纷回衙，或参与审案，或忙活做账，全力迎候海瑞的"详细审核"。再后是胡振威、李捕头等补假的官吏，不到二月半，随着待审案宗越来越少，衙门里的人也渐渐齐整了。

海瑞只有一套官服，这些日来天天升堂，天天穿着，渐渐的，衣服就脏了，身上也就有股异味。

最先嗅出这味道的自然是海王氏。

"阿妈，"晚餐吃过，海王氏悄对海谢氏道，"老爷的官服脏了，我想拿过来洗洗，可他天天要穿，若是没个换的，洗了晾不干，怕就……"顿住话头。

"你说得是！"海谢氏赞她一句，从箱子里摸出两匹她们在南平时织下的布，"我审过了，他这身官服料子好哩，咱买不起，待会儿我让阿德将这两匹拿到染房里上个色，咱俩比照着缝套假的，你眼力好，将那禽兽绣上，保管能够唬住人。"

"敢情好咧！"海王氏笑了。

"唉，"海谢氏轻叹一声，"这几天呀，妈还在想着另一桩事儿。"

"啥事儿？"

"听阿德说，汝贤手里没钱了。"海谢氏看向屋里，"这屋子大是大，可不是用来居家过日子的，空荡荡的啥都没有。灶房里也是，虽说能凑合吃喝，可过日子总不能天天凑合，是不？再说，汝贤当上县太爷了，万一来个客人，总得招待妥当才是。"

"阿妈，待老爷领过薪水，咱家就有钱了！他官升一品，薪水不会少哩！"

"你只想着他的那点儿薪水！"海谢氏半是责怪，"在南平时他的薪水少吗？官俸八品，一年三十五两银子，可到年底，你见到剩下一两没？薪水再多都是死钱，东也花，西也花，花一个就少一个，这不立马又要多张口吗？听阿德说，这几年闹倭，针头线脑的啥都涨价了，钱不经花哩。再说，家里不备点儿应急的钱，能成吗？"

"阿妈看得长远！"海王氏赔出个笑，恭维一句，搓搓手，"久没纺纱了，儿媳的手也痒了。阿妈让阿德买架纺车，再买几斤棉花，想也用不了几个钱，不到麦收，看儿媳为阿妈纺出一匹布的纱！"

"你呀，甭给我想东想西，好好养我这个胖孙子！"海谢氏横她一眼，眼角瞄向海之蕉的闺房，"咦，枭仔呢？"

"中砥拉她玩去了，想必在花园里，阿妈要寻她，我这就叫去？"

"不必了！"海谢氏嘴角撇出个笑，"不在倒是好哩，说话利索些！我问你，她的琴是打哪儿来的？"

"想必是她阿爸买的吧？"

"还不是枭仔闹他的？"

"阿妈，我看之蕉挺懂事哩，我……"

"她懂个屁事！"海谢氏来气了，截住她，"我寻汝贤去，这口气我忍不下去了！"

话音落处，海谢氏撩开大步走向西华厅。

"阿妈？"海瑞吃一大惊，紧忙站起。

自入淳安以来，这是她第一次踏足他的办公区。

"妈来，是问你个事儿！"海谢氏直入主题。

"阿妈，您说！"海瑞转过来，扶她坐到他的椅子上，自己哈腰候着。

"是袅仔的事儿！"海谢氏一字一顿，二目直逼海瑞。

"阿妈，您这孙女怎么了？"海瑞赔起笑脸，佯作不知，特意加上"孙女"二字，以拉近祖孙之间的疏离。

"唉，"听到孙女二字，海谢氏轻叹一声，如连珠炮般一气儿打出这些日来的所有郁闷，"儿呀，不是妈数落你，是你真的想把袅仔宠上天吗？她已经十三岁，不小了呀，可仍旧像个野丫头，该做的事一样不做。你去看看，有模有样的人家，哪个袅仔不缠脚？妈那辰光没有缠，是家里穷，要干粗活儿。她的那个恶妈没有缠，也是要干粗活，因为琼山荒蛮呀。你离开琼山了，你当县太爷了，而她依旧不肯缠，是你在宠着、护着。不缠脚就算了，可哪有袅仔不做女红的？让她纺花，不肯；让她缝衣，不肯；让她烧饭，也不肯。她想干啥？将来你不让她嫁人了？这么大个脚，她嫁给谁？嫁给琼山的乡民吗？要是这说，妈就没说的了，可要嫁给乡民，她就得会做饭，会下田，会纺花，会做衣，乡下的粗活，啥都得会，是不？可她学会啥了？她啥都不学，整天捣鼓一把破琴！要弹琴，成呀，弹得好听点儿，像朱恭人那样，可她呢，一弹就是呜呜咽咽，跟哭丧似的，妈早晚听到心里就烦，就上肝火。她难不成是要咒妈早死不成？再说，妈打问过了，就她的那把琴，少说也得几两银子，你这是有钱了咋的？你真要有钱，就再去置买一身官服，天天就是这一身，哪有衣裳不换洗的……"

海谢氏由着性子数落一通,海瑞自始至终哈腰站着,一句话不说。

海谢氏讲累了,白他一眼:"你说话呀!"

"阿妈,"海瑞再度赔个笑,"儿得让您出完这口气,是不?您还有啥气,只管发出来!"

"没了!"海谢氏盯住他,"袅仔是你的心肝肉,妈只问你,你想让她哪能个出落,总该有个规矩是不?"

"阿妈说得都对,是儿的不对,有点儿宠她了。阿妈先回去歇着,甭气坏了身子。待这几日忙完,我就寻个空儿找她说说,照阿妈的话,给她立个规矩!"

"成!"海谢氏站起来,眼珠子四下瞄一圈,"妈问你,她的琴呢?"

"阿妈,琴是儿子借来的。这些日衙门里的事让儿子心烦,想放松一下,这才借把琴让之蕉弹几曲,没想到扰烦阿妈了。打明儿起,我不让她弹就是!"

"好呀,"海谢氏眉开眼笑,"将这琴快快还了,让这袅仔干点儿正经事。再过两个月你媳妇儿就生了,妈有三头六臂怕也忙不过来呢!"

"阿妈,我晓得了。"海瑞搀扶海谢氏走出西华厅,见天色黑了,扶她一路走进后院,直到堂中坐下,方才踅回。

海瑞思忖良久,依旧理不出个头绪。显然,祖孙之间的疙瘩越结越大了,而疙瘩的缘起是他海瑞。结发妻许氏是海瑞相中的,那辰光他秀才尚未及第,就离开祖地屯昌前往琼山的县学修学，无奈家境贫寒，日子本就困顿，自己偏又仗义，见不得比自己还要困顿的学子，时常勒着腰带接济他人。许氏是县学先生的侄女，家道殷实，其父深谙修祠建庙之道，在琼山县里有些名气，日子过得还算阔绰。许氏好学，一有空闲就到叔父执学的学堂里寻些书看，渐渐就结识海瑞了，时不时地在他陷入窘迫时替他解围。叔父看出她的心事，托媒婆正式提亲。见海瑞欢喜，海谢氏抱孙心切，得知许氏家境不错，也就应承了。许氏出嫁，其父给出丰厚嫁妆，使海瑞再无生存窘迫，定心进举。麻烦出在婚后，一是许氏在生出两个女儿后再没怀胎，这让忧心海家香火的海谢氏大是不满；二是海瑞进举成功，海家的身价变了，海谢氏挑剔起来，婆媳二人的关系渐成水火，大战终于爆发。大战之后，海谢氏迫使海瑞写下休书，将海许氏赶回娘家。人赶走了，海许氏带来的嫁妆却让海瑞差不多折腾完了，无法退还。海许氏的娘家一气之下告到县衙，后经仲裁，海瑞写下保证书，一是准允许氏再嫁，二是将来加倍赔偿海许氏嫁妆。婆媳开战期间，海许氏夜夜搂着两个女儿以泪洗面，无论是之椰还是之蕉，对奶奶的怨恨种子都已植入心底。长女之椰宁死不肯离开阿妈，而海许氏无法支撑两个女儿过活，次女之蕉别无选择，只能守在这个家里。

海瑞晓得，眼下的难题并不是琴，而是琴所表达出来的情绪。海瑞寻不到解招，只好苦笑一声，展开码在案头上的那堆案宗。

这是待判的最后一批案宗，海瑞之前已经审过多遍了。海瑞一宗接一宗地翻着，盘思审讯过程中可能遇到的疑点与难点。

最后一宗是施柳氏的讼状。这是他上任后所接的第一宗讼案，也是官场上早已完结的御案，是以海瑞特别放在最后。

看着，看着，海瑞心底划过一道亮光。

翌日傍黑，海瑞退堂后回到西华厅，用过晚餐，让阿德捎话之蕉。

之蕉跑过来："阿爸，您找我？"

"是哩，爸想听琴了！"海瑞朝一边的琴盒努下嘴。

海之蕉拿过琴，架好，郑重坐下："阿爸，想听什么？"

"《阳关三叠》。"海瑞的眼睛依旧放在桌面的案宗上。

海之蕉弹奏《阳关三叠》。《阳关三叠》是唐代诗人王维谱写的琴歌，目的是送友人远赴安西都护府，曲词共分三叠，节奏感强，是学琴者的最爱。歌词中的"渭城朝雨浥轻尘，客舍青青柳色新。劝君更尽一杯酒，西出阳关无故人"更是千古名句。

海之蕉弹完三叠，止住琴，不无忐忑地看向他。

"弹得不错，"海瑞冲她笑笑，"爸能听出阳关，听出故人，要是能够听出离情，就更好了！"

"阿爸，我……"海之蕉一脸窘迫，"我没弹好！"

"想不想弹好？"

"做梦都想！"海之蕉迟疑一下，"可……没人教我！"

"爸可为你介绍个老师，可人家愿不愿意收你这个徒弟，爸就帮不上了，得看你的诚意！"

"我有诚意!"海之蕉一脸急切。

"好。不过,你先得回答爸几个问题。"

"您问!"

"你已虚龄十三,实龄也十二了,再过几年就得嫁人,是不?"

"是。"

"要嫁人,就该学点儿居家、过日子的手艺活儿,譬如女红呀,纺织呀,做饭烧菜呀,打扫庭除什么的,是不?"

"是。"

"对爸说说,你打算学点儿什么?"

"我一样也不想学。"

"哟嘿,"海瑞笑了,"这是不打算嫁人了?"

"阿爸,如果一定要做那样的女人,我宁愿不嫁!"

"女大不嫁,会被人当成妖怪的!"

"阿爸,阿妈曾经念给我一首诗,您要听吗?"

听她冷不丁提到前妻,海瑞心底一惊,闭会儿眼:"你说。"

"有女化离,条其啸矣。条其啸矣,遇人之不淑矣。"海之蕉轻声吟咏。

海瑞熟读诗书,晓得《诗经》里的这首《王风》是弃妇之怨,眼眶里顷刻盈出泪水,眼前不自觉浮出海许氏的身影。

这是隐在他心底的痛。

"与其遇人不淑,我宁可去做妖怪!"海之蕉的声音砸过来,字字结实。

"好吧，蕉儿，"海瑞轻叹一声，"不说这个了。你想学琴，这就学去！"

"阿爸，我阿姐不叫海之椰了！"海之蕉又砸过来一句。

"哦？"海瑞看过来，吃一惊。

"她改姓许，叫许馨！"

海瑞长吸一口气，缓缓吐出："啥辰光的事？"

"几个月前，在南平的辰光，她来信说的。"

"这么大的事，你为何不讲？"

"我不想讲，也无人能讲。"

海瑞闭目。

"阿爸，我也要改名！"

"你……"海瑞猛地睁眼，盯住她，"改作什么？"

"椒！"海之蕉不无解气，"我相中这个字了，麻中有辣，辣中有香，身上还带尖刺，谁想吃我，没那么容易！不像那芭蕉，软绵绵地长在田里，东风吹来向西倒，西风吹来向东倒，还没长熟就让人砍了。"

"是许椒吗？"

"我姓海。既然跟着阿爸，我就是阿爸的女儿，一生一世都是阿爸的女儿！"

海瑞吁出一气，喃声："海之椒！"

"海中椒！"

海瑞笑了，拿出一片纸来，饱蘸墨水，郑重写上"海中椒"三字。"海中椒，你拿住，"海瑞起身走过来，将纸头递给她，

"从今天起,这就是你的名字了!"

"阿爸,我……"海中椒双手接过,泪水涌出来,"我爱您!"

"不过,"海瑞在她的琴前坐下,"这名字你知我知,不可让他人知之。"

"为什么?"海中椒睁大眼问。

"海之蕉是你奶奶起的,要是她晓得你私自改名,会怎么想?"

"管她怎么想!"海中椒恨道,"我就要让她晓得我改这个名,是我自己要改的!"

"不可以!"海瑞盯住她,一字一顿。

"阿爸,"海中椒震惊,"您……您为什么事事顺着奶奶?"

"因为她是你的奶奶!"海瑞缓和语气,"这是血脉!子曰,'立身有义焉而孝为本',不孝不义,无异于禽兽。你想让阿爸成为一个不孝不义的禽兽吗?"

海中椒让他吓着了,呆在那儿。

"海中椒!"海瑞盯住她,一脸严肃,"你愿姓海,就是爸的女儿。你方才说了,你一生一世都是爸的女儿。是爸的女儿,就得为爸着想,是不?你有个阿爸,可爸却没有阿爸了。爸四岁那年,就没有阿爸了,是你奶奶把爸拉扯大的。没有你奶奶,就没有你爸。没有你爸,也就没有你!"

"可奶奶恨我,"海中椒的眼里滚出泪花,"她不喜欢我,也不喜欢我阿姐,她一直不喜欢我俩,打我记事起,没有见她对我俩笑过，我……"

"无论喜欢不喜欢，她都是你的奶奶！"海瑞抱她过来，拭去她眼里的泪，"孩子，你奶奶年纪大了，需要人照顾了。该谁照顾她呢？该当是爸！可爸受命于天子，国事大于家事，要为国尽忠，就不能向你奶奶全力尽孝。你是爸的女儿，要替爸分忧，是不？怎么替爸分忧呢？孝敬你奶奶，孝敬你后妈，照顾好你的弟弟小中砥！"

"阿爸，我的心凉透了！"海中椒从他的怀中挣脱开，表情决然，"我晓得我奶奶不容易，可我恨她。我也晓得后妈是好人，可我也恨她。我恨我奶奶，因为她赶走了我阿妈。我恨后妈，因为她占的是我阿妈的位置！阿爸，您学问大，您是县太爷，您天天在断人家的案，您这也断断咱家的案！我阿妈是您明媒正娶的，因为生出我姐儿俩，因为没能生出儿子，您的阿妈就处处找我阿妈的碴儿，说我的阿妈脚大，说我的阿妈不会做家务，说我的阿妈不肯扫院子。您的阿妈难道脚不大吗？她哪能不说自己的脚大，只说我阿妈脚大呢？当初您娶我阿妈进门的时候，她难道不晓得我阿妈的脚大吗？您的阿妈会做家务，会缝衣织布，会烧火做饭，会勤俭持家，可我的阿妈会读书念信，会熏香沏茶，会说古论今，会娱乐您的朋友，她会吗？人各有长，是不？再说，我阿妈嫁过来时，我外公送出好几车的嫁妆，单是银子就过百两，您阿妈为何不用这些银子雇个仆人来洗衣做饭呢？为什么一定要我阿妈去做这些下人做的事呢？因为您阿妈不待见我阿妈，因为您阿妈与我阿妈说不到一块儿，因为我阿妈不肯全听您阿妈的！阿爸，我说的这些，您是不晓得的，因为您不常在家，我阿妈和您阿妈不肯讲给您听，我和我阿姐不敢讲给您听！所有这些您全都不晓得，您始终被蒙在鼓里，可我和我阿姐天天看在眼里！您的阿妈可恶得很哪，她为啥可恶，因为有阿爸您为她撑腰！您中举后，连我的外公见您都要低一头，您的阿妈说话的声音更是高出许多，我的阿妈也就更不敢跟您的阿妈闹了。我阿妈不敢闹，不是我阿妈怕您阿妈，是我阿妈心里有您，不想惹您生气！阿爸呀，中椒今朝说出这些，不是想惹您生气，而是让您明白，凡事都得讲理，是不？您不能勉强我去做我不想做、不能做的事，是不？您方才说，您没阿爸了，您有个阿妈，您要孝敬您的阿妈。我呢？我既有阿爸，也有阿妈。您的阿妈不容我的阿妈，您的阿妈逼您休掉我的阿妈。您为尽孝休掉了我的阿妈，您又为尽孝，要求我替您去孝敬您的阿妈！阿爸呀，您让我哪能办哩？我不去孝敬您的阿妈，就是不孝敬阿爸您。可我孝敬阿爸您了，是不是就又不孝敬我的阿妈了？我的阿爸呀，您难道为了孝敬您的阿妈就不让您的女儿去孝敬她的阿妈吗？呜呜呜呜……"

海中椒越说越伤心，大声悲哭起来。

这是亲生女儿第一次吐露心扉，海瑞的心震撼了，颤抖了。是的，是的，可他为什么从来没有这般想过家中的事呢？他为什么只想着他自己的阿妈，而没有替女儿想过她的阿妈呢？

海瑞眼前再次浮出海许氏，一个坚强的女人，一个一心爱他的女人，一个为他一连生下两个宝贝女儿的女人，一个将她拥有的全部交给他而一无索取的女人,一个帮他度过人生中最难熬岁月的女人……她……现在好吗?又嫁人了吗?之椰……不……许馨……我亲爱的女儿,你好吗?你就姓许吧,是爸……对不住你……对不住你阿妈……

豆大的汗珠子从海瑞的额角淌下,豆大的泪珠子从他的眼眶里滚落。

海瑞哭了,海瑞结结实实地哭出声来了。

海中椒听到了阿爸的哭声,一头扎过来,扑进他的怀里。

海瑞搂住女儿,紧紧地搂在怀里。

此时此刻,所有的言语都是多余的。

不知过了多久,海中椒脱开他,缓缓坐回她的琴前,声音轻柔:"阿爸,您方才说要介绍给我一个老师,他在哪儿?"

"就在这个城里,离县衙没有多远!"海瑞指向衙门外面,"出县衙往南,到下官贤巷后向东拐,一直走到底,你可以看见一个乐器铺,你的这把琴就是爸从那铺子里买回来的。铺里的店主就是琴师,她女儿和你差不多大,你可以拜她阿妈学琴,顺便帮她们照看生意!"

"我这就去!"海中椒起身就走,"这个家我是一刻不想待了!"

"太晚了,明天去吧!"海瑞给出建议,"还有,你不能说出你是谁,也不要提到这把琴。你可以编个故事,就说你是福建来的,在这城里无依无靠,只想寻个活路,相信她们会收下你的。记住,隔三岔五你就回来一趟,一是把你听到的新鲜事儿讲给爸，二是把你学到的琴曲弹给爸，让爸开开眼，松松心！"

"嗯嗯。"海中椒点头。

翌日晨起，海中椒吃完早餐就出县衙了。她不用刻意打扮，穿的本就是粗布衣。她也不用回避任何人，因为自到淳安，她从未出过县衙，也没有任何熟人。

依照父亲的吩咐，海中椒沿上官贤巷一路向东，走到下官贤巷的尽头，果然看到"徽州乐器铺"的匾额。

铺中空荡荡的，没有买家，只有与她年龄相仿的施亚丁守在柜台后面。

"阿姐，你想买啥？"亚丁以为她要买乐器，走出柜台，一脸热情。

海中椒回她个笑，摇下头，走到门槛处，倚右侧的门框站着。

亚丁搭不上话，也就悻悻地回到柜台后面，聚精会神地看书。

海中椒一直站在门口，既不进去，也不离开。

吃午饭了，见她仍旧站在那儿，施柳氏让亚丁端给她一碗。海中椒没接，从袋中掏出一块烙饼啃起来。饼太干，施亚丁递给她一碗水，她接过来，咕咕喝了。

后晌有几个乡下来的买家进进出出，施家母女一直忙乎，没有顾及她。

天色黑了，街上的店家陆陆续续关门。海中椒想是站累了，倚门框坐在门槛上,压根儿没有要走的意思。施柳氏猜出几分,做好晚饭,让亚丁叫她进来。

海中椒走进内堂,走到院中的天井里。

"吃吧,孩子!"施柳氏递给她一碗米饭,夹进一些榨菜。

"阿姨——"海中椒没有接碗,而是缓缓跪下。

"孩子,你先吃饭,有啥话,吃过再说!"施柳氏笑笑,拿筷子敲几下自己的饭碗。

"阿姨,我没地方去了,想借您的铺子睡一宿,我……我就睡在地板上,成不?"

"孩子,你叫啥?"施柳氏问道。

"许中椒。"

"说说,你是哪儿的,为啥没地方去了?"

"我……"海中椒略作迟疑,"我打福建来的,投靠我阿爸,我有个后妈,还有个继弟,后妈不待见我,给我脸色看,我不敢对我阿爸说,就走了……"

"你阿爸住在哪儿?"亚丁急问。

"不晓得呢,就在这江边,"海中椒指向西边,"是那个方向,我……走很远的路,一直走到这儿,见这儿热闹,又看到你们这个店铺,我不想走了!"

"你为啥不想走了?"亚丁再问。

"我不晓得,我喜欢这里,喜欢里面的乐器,还有……"看向施柳氏母女,"就是阿姐和阿姨……我看得出你们是好人!"

施亚丁看向施柳氏。

"你阿爸叫啥，住的地方有村镇吗？"施柳氏问道。

"我阿爸叫刚峰，具体住在啥地方我不晓得，也没打问过，是别人带我来的。我住不到半月，就走了。我不想惹后妈生气，也不想给我阿爸添堵，我……"海中椒讲得伤感，泪水出来。

"刚峰？"施柳氏轻声自语，看向她，"你说你们打福建来的，福建哪儿？"

"南平，到处是山。"

"你阿爸到这儿做啥？"

"说是做生意，可他……很多年没回家了，我阿妈她……我无依无靠，就来找我阿爸……"海中椒编着她早已想好的故事。

"你阿爸做啥生意，你晓得不？"

"在山上种茶，可我看得出，他的生意不好，因为我后妈一直抱怨，说跟着他过得苦哩，我听着就生气！"

"阿妈，留下阿姐吧，正好跟我做个伴儿！"亚丁求道。

"你喜欢乐器？"施柳氏盯住她。

"嗯。我学过琴……"

"好吧，我应下你，暂先住在这铺里，待你阿爸寻来，你就回去！"

"谢阿姨收留！"海中椒重重叩首。

第 10 章

又到春荒时

安顿好海中椒,海瑞松出一口气,退堂后径直来到主簿房,向他支取十两俸银,扣去一两零八钱,收回并撕去他的借条,将零头装入衣袋,拎着八两银子直入内宅后堂。

后堂一共三间,中间是堂,东西两间,海瑞与海王氏住西间,海谢氏与孙子中砥住东间。在后堂之后是个院子,各有两间耳房,东厢两间,一间为灶房,一间为仓储,西厢两间则由海之蕉与阿德分别住了。再后是大仙楼,也是县衙的最北侧建筑,供着守大印的狐仙。海瑞不信邪,一上任就吩咐阿德将堂门锁了。

"阿妈,"海瑞乐呵呵地将钱搭子递给海谢氏,"衙门里的琐事太多,儿子忙不过来,家里的事儿就托给阿妈。这是儿子预支的薪俸，由您掌管。"

海谢氏掂了几掂，伸手摸一下，掏出一块，见是真银，乐道："哎哟喂，是真银呢，这有多少呀？"

"是八两整，够阿妈花一阵子了。"

"真正好呀！"海谢氏乐不合口，"二孙子要出世，家里也缺东少西的，妈正愁着钱不够用呢。"

"您只管放心花，花完了我再去支。知县比教谕高一品，薪俸多出十两银，甬舍不得！"

"舍得，舍得，"海谢氏收好钱搭子，"妈才不当守财奴哩！钱不花不叫钱，是不是？"

"阿妈说得是！"

"对了，"海谢氏看向海瑞，"之蕉哪儿去了？今早吃饭没看见她，我问阿德，阿德说她昨儿就出去了，一晚上没回来，不会是……"

海瑞笑道："我正要讲给您呢。这些日来，衙门里有个大案甚难破解，扯到衙门里的人，儿初来乍到，谁也不敢指靠。这案子扯到一个女人，刚好那女人有个与之蕉差不多大小的袅仔，儿让之蕉住到她家，不定能探出什么，助儿破案呢！"

"哦！"海谢氏松出一口气。

"此事关系颇大，我谁都没讲，连阿德也没说，只对您讲一声，您要她学女红的事，就先放一放！"

"没出啥事就好！"

海瑞别过海谢氏，回到西华厅，见阿德蹲在门口。

"阿德，"海瑞扬手，"你蹲这儿做啥？"

"老爷，在候您呢。"阿德迎上来。

"啥事儿？"

阿德扯住他，扭头走向东侧的花园，沿排水沟走向衙后的大渠，穿过小桥走向后山。

暮色苍茫。

没走多远，前面现出一个小山窝，窝中是个简易的小窝棚。早上海瑞登山健身，这儿还空荡荡的，只一天工夫，竟就冒出来这个棚子了。

"是后晌搭的！"阿德指着棚子，"我在给菜田上肥，眼睁睁地看着他们选中这个窝窝，搭起这个棚子。"

海瑞没再多话，头前走去。

是一家人，一对年轻夫妇与两个孩子，大的十来岁，小的两三岁，全都蹲在棚外，看着越来越近的海瑞二人。

"嗨，老乡，吃过晚饭了吗？"海瑞扬手招呼。

"没呢！"那男的迎前两步，哈腰鞠个大躬，"二位是衙里的官人吧？"

"算是，"海瑞拱手回个礼，上下打量这一家人，"你们是——"

"我们是打北山来的，家在长乐乡，如今是上八都三坪，到这儿要走好几天呢。敢问官爷，您在哪道门里当差？"那男人话很多，一脸是笑，显然是在套近乎。

"我是个打杂的。"海瑞笑道，"老乡尊姓大名？"

"我姓齐,叫齐无盐!"齐无盐指向女人,热切介绍,"这是屋里人,叫齐姜氏。这俩仔子,一个叫大壮,一个叫二壮。"看向女人与两个孩子,"发啥呆哩?这见官爷了,还不磕个头?"

女人与两个娃子扑通跪地,咚咚磕头。

见是女人与娃子,海瑞不便扯拉,由着他们磕了。

"你们这是……"海瑞看向他们的棚子。

"咦,官爷不知呀?"齐无盐一脸惊愕,"我们一家年年就在这个窝窝里搭棚子住,今年来得早几天,主要是去年秋天旱情大,怕让人占先了!"

海瑞蒙了,看向阿德。

"还有谁来抢这山窝?"阿德问道。

"多去了。去年春天就有人来抢我这地儿,幸亏我赶得及时,理论一番,他们识趣,就换地儿了。"齐无盐指向旁边不远处,"就是那儿。也是一家好人,我们相处几个月,互相得济哩!"

海瑞有点儿明白了:"你们为何离开家里,到这儿过几个月?"

"哎呀官爷,"齐无盐急切应道,"看来您是刚来的,不晓得我们这儿。"扎个架子,打开话匣子,"官爷呀,家里要断粮了,一家六七口人,不出来讨口吃的,全家就得饿死。"

"这么说,你们是来讨饭的?"海瑞问道。

"不完全是讨,城里人多,活路多,好心人也多,即使捡个菜皮,也饿不死,比我们那山沟沟里强。"

"你们寻到活路了吗?"

"还没呢,这不刚来嘛,明天就找找看。"

"晚饭咋吃哩?"

"吃个屁哩!"齐无盐不无埋怨地指着婆娘,"我与大壮搭这棚子,让她与二壮去讨吃的,哪晓得等到天黑,就讨回来一个饼,还是煳边的,我正琢磨咋个分哩!"

海瑞看向阿德。

阿德会意,扭头跑回衙门。

"无盐老弟,来,蹲下说!"海瑞率先蹲下,"你们八都闹灾了吗?"

"没闹啥灾!"齐无盐蹲下来,"去年夏天稍稍旱些,有块地没能浇上,秋收略有减产。"

"既没闹灾,为啥就没吃的了?"

"唉,"齐无盐长叹一声,"看来官爷是真的不知情呀!山里地少,我家里有老少七张口,满打满算只有六亩薄地,交完这赋交那税,七折八算,打下的粮食差不多就没了,还好爷娘手脚利索,养牛养羊又养猪,肥壮时卖到集市顶些税钱,多少省下些口粮,否则,我一家老小就不是只逃春荒了,怕是夏荒、冬荒都得逃!"

海瑞震惊了。

二人正在说道,阿德跑过来,拿着两只袋子,一只里抖出几只饼,另一只里倒出一升米。一家人见了,自然是一番磕头谢恩。

海瑞让他们慢慢用餐，起身与阿德回衙。

远远望到罗元济的房间后窗透着光，海瑞大步走去，绕到前门。

听到脚步一路响过来，罗元济晓得是海瑞，迎在门口，扬手招呼："海大人，吃过了吧？"

"吃过了。"海瑞走近，指向屋内。

元济闪身，礼让海瑞进去，跟在后面。

"后山有人在搭棚了，你晓得不？"海瑞劈头问道。

"晓得呀，年年如此，见怪不怪了。"罗元济耸耸肩膀，补充一句，"一到春荒，是贺城一景呢，通常在二三月份，这辰光差不多了。多的时候满大街都是，只待麦子黄时，他们就都回去了。"

"从哪年开始的？"

"说是年年都有，在倭寇过后多些，说是有人家闪过年就离家了。走得早的是去外地，不到年关不回来的。"

"晓得了。"海瑞在他的大椅子上坐下，头勾着，一脸郁闷，"来贺城路上我遇到过两大家子，连小猪都带上了，应该就是这种。"

"是哩。"

"衙里没个应对？"

"有。"

海瑞抬头，看向他。

"通常是三大措施，"罗元济屈指数道，"一是前门上岗，二是后门封桥、加岗，三是夜间巡逻。去年春荒，吴县丞又加一条，让捕房里买三只大狗，牵着夜巡。"

"荒唐！"海瑞震几而起。

罗元济回他个苦笑，再次耸耸肩膀。

"你是哪能个想哩？"海瑞重又坐下，放缓语气。

"还能怎么想？"罗元济摊开两手，"死病症啊。"

"是病就有治。"

"大人真要治，下官倒是有个应策。"

"快说！"海瑞盯住他，一脸期待。

"大人是要治根，还是要治末？"

"根末都治！"

"先说这根，"罗元济晃动脑袋，"主要是找出哪些人在逃春荒。在淳安只有三种人，一种是田多的，一种是田少的，一种是无田的。田多的大多不种田，将田租给无田的。为让无田的安心种地，田多的就会在春荒时赊出粮食，送给无田的度荒，所以，这两种人都不逃春荒。"

"你是说，逃春荒的反而是有田的人？"海瑞瞪大眼睛。

"正是，"罗元济再次晃动脑袋，"因为赋税。自宋以降，赋税征收主要为二：一是田赋，二是丁税。及至我朝，依旧为二。区别在于，无论是田赋还是丁税，凡享朝廷奉免之户，概不征收，而朝廷奉免或为皇室，或为贵胄，都是占田极多又不耕种的人，再就是庙、寺、坛、学产等，亦在奉免之列。朝廷真正征收者，实乃有田但田少之户。丁税亦如是。田多者享奉免，无田者无田赋，只交丁税，唯田少之户，田赋、丁税皆不得免，是以苦甚。譬如淳安，"从书架上摸出一册，"在册纳赋之户，洪武二十四年为一万六千三百三十七户，七万七千三百零七口，至嘉靖元年，反降为一万一千三百七十四户，四万六千七百一十二口，而朝廷赋税并不见减，单是去年，淳安县域当征四万五千五百六十二两三钱五分四厘五毫四丝六忽九微三尘四渺，实征五万一千三百一十八两三钱四分六厘三毫二纯正九忽七微一尘三渺！"

海瑞震惊了："何以如此？"

"因为纳不起田赋的有田小户把田卖了，而能买田的多为奉免大户。于是，有田的变作无田的，在册纳赋之户、之民渐渐减少，而朝廷所征之数却是一定的，可增而不可减，于是，等量的田赋只能均摊、加增于在册之户，使其日子越发难熬了。"

"何以征多了？"

"当征部分，是上交国库的，多征部分，为县衙存留开支。"

"四万六千七百二十余口，五万一千三百余两赋，一口折合一两足银还多！"海瑞的眼睛睁大了。

"这还不算其他税负，如丁税，每一十八两四钱五分二厘五毫三丝一忽一微三尘八渺六漠一埃四沙加派一丁，不出丁者出税。"

"县域里的田产，衙里清量过没？"

"就下官所知，没有清量过，都是据册籍核交。"

"明白了。"海瑞闭目思考有顷，再次睁眼，看向元济，"你说的是根，可徐徐图之。如何治末，以解当下之急？"

"治末之策，可有三途：一是开仓赈灾，施粥、借粮于春荒田农；二是振兴商业，增加经营，使民在农闲时得有所为，有所收益，以商养田，以解赋税之忧；三是清丈田亩，据实摊赋，减轻田农压力。"

"元济兄，"海瑞忽地站起，不无激动地一把握住罗元济之手，"你乃萧何再世矣！"猛地觉得失言，紧忙补个说明，"当年萧相定下无为治民长策，曹相袭之，终有汉初大兴之世。今我大明盛世天下，民却乏力，实乃治官之失。淳安得有元济兄，乃淳安人之福矣！"

"淳安得有海大人，方为大福！"

"好了，好了，"海瑞笑道，"我俩不要彼此吹捧，还是来个实的。当务之急，我倒是有个想法，一是元济兄的开仓赈灾，二是引导灾民向山水寻宝！"指向外面的大山，"淳安山高水美，多的是珍肴佳味，怎能会活活饿死呢？在我家乡琼山，只有懒死的，没有饿死的！"

"怎么寻？"罗元济急道。

"各地有各地的寻法。"海瑞接道，"这事儿你多上心，得空了召集附近乡绅里老，尤其是山野郎中，让他们列出一个清单，看这山水里面哪些是既可食又无毒的，哪些是可食有毒但能化毒为宝的，而后引导灾民向山水寻宝，度过春荒！"

"呵呵呵，"罗元济笑了，"这倒是个急方！"拱手，"下官受命！"

"你再核查一下,我这个知县可支配官银是多少?"

罗元济拉开抽屉,取出一个账册,翻到一页:"大人并县治僚属的可支配官银尽皆在此!"

"这么多?"海瑞瞄一眼,吃惊了,"经费银五百二十一两四钱!"

"是的,"罗元济笑道,"其中您的俸银为四十五两,其他为门子二名十二两;皂隶十六名九十两;马快八名四十八两;陆路及其他种种杂役一百三十四两四钱;民壮十六名九十六两;禁卒八名四十八两;轿伞扇夫七名四十二两;库子四名二十四两;斗级四名二十四两。"

"老天,"海瑞瞠目结舌,"照这般配置,我这真成县太爷了!"

"这是海大人应该得到的!"

"晓得了!"海瑞盯住罗元济,目光刚毅,"元济兄,你听好,淳安政事的所有变革,就从我这个县太爷开始!你安排去,先从我的轿伞扇夫、禁卒银中各扣除二十两,从库中支出相应库粮,由轿夫、伞夫、扇夫、禁卒在大街上向所有逃荒的百姓按人头施粥,凡施粥不力者一律裁撤!"

"下官受命!"

"什么轿夫、伞夫、扇夫、禁卒……我嘿,嘿,嘿!"海瑞不无示威地在罗元济的主簿房里又是踢腿又是抡胳膊,每抡一下"嘿"出一声,末了冷笑,"瞧我这手脚,还怕走路、打架不成?"

罗元济笑了。

是的，于眼前这个赶着破牛车一路赴任县太爷大位的海大人来说，多数配置确实多余。

第11章
树威海青天

又过半个月,除施家的新讼之外,县衙里积存的讼案全部审完。

审完的次日,春和景明,百花争艳。几十名涉案乡民自发集结,抬着大匾,敲锣打鼓,由西门街起始,沿着贺城的大小街巷巡游一遭,引来数以千计的民众看热闹。

众人巡游完毕,由县前街直入县衙正门,将所抬的大匾献给海知县。

匾额上赫然写着"海青天"三字。

海瑞没有接受这匾。

"父老乡亲们,"海瑞站在县衙门口,一手指天,一手有力挥舞,"你们不能这样写匾,你们要写的是'皇恩浩荡',因为青天只有一个，就是我皇万岁万万岁！皇恩浩荡，我海瑞受命于万岁爷，是代万岁爷布恩于淳安。你们要感恩，就都跟我来，我们一起来感万岁爷的恩，来感皇天后土的恩，来感孔圣人的恩！"

话音落处，海瑞引领众人步入衙门，在仪门处齐刷刷地跪满一地，与众乡民一起朝代表天地皇恩的仪门行三拜九叩大礼。

这个晴天丽日是属于海瑞的。在众人抬着匾额离开县衙后，吴仁表情落寞，长叹一声，轻轻关上县丞的房门。

一阵脚步声紧，门被推开，进来的是胡振威。

"娘稀屁哩！"胡振威一拳震在几案上，"我还以为他敢收下那匾呢，没想到他……真他娘的贼，猴精猴精的！"

吴仁朝他苦笑一下，朝房门努嘴。

胡振威返身关上房门，重重地坐在客椅上。

"吴哥，"胡振威盯住吴仁，语气关切，"我问过各房各库，明账、暗账早在十天前就做完了，可这刺儿头只字不提，就跟压根儿没这回事儿一般，你说这……"

"等着吧，"吴仁瞥他一眼，"人家为刀俎，你我为鱼肉，刀俎都不急，你这块鱼肉，猴急个什么呢？"

"万一他不提这档子事儿，我们岂不是白折腾了吗？"

"不会不提的！"吴仁语气断定，"应该就在这几日！"

"听吴哥的，我再去审核一遍，免得闹出幺蛾子来！"胡振威动身出去。

真让吴仁料准了，在民众送匾之后的第三日，罗元济通知衙中各房各库前往二堂的师爷房核账，但不是同时核，而是一房一库挨个核。

最先受核的是捕房。

李捕头拿着两本账，一本明的，一本暗的，气宇轩昂地跨进师爷房，暗吃一惊。师爷房不大，共是三小间，两间是堂，师爷处置账务用，一间是师爷的卧室。由于海瑞没聘师爷，这房子一直空着，这辰光被派上用场了。

坐在主位的是海瑞。海瑞两侧，赫然坐着淳安县的四大僚官，也是经过吏部任命的四大命官，居左的是吴仁、胡振威，居右的是罗元济、林兆南。

李捕头进前一步，叩首："捕房李坤一叩见海大人，叩见诸位大人！"

"免礼！"海瑞扬手。

"谢大人！"李捕头谢过。

"今朝审账，捕房的账目可备好了？"海瑞开门见山。

"回大人的话，全部备好了！"李捕头双手呈上两本账册，"恭请诸位大人审核！"

"本县问你，捕房的账册可都是据实入账的？"海瑞二目如炬，直射李捕头。

"回大人的话，捕房所有账目全部据实，只是——"

"只是什么？"

"捕房财务比较特殊，虽有明账，但暗账更多，一切皆在账册里，请大人审核！"

"本县晓得了。"海瑞扬手，指向他，"将账目交给主簿，写上保证，签字画押！"

"敢问大人，要下官写何保证？"

"保证你所交账目全部据实，若有错漏，你须负全责！大明的律令你是晓得的。能保证吗？"

李捕头惊到了，看向胡振威。

胡振威瞪他一眼，迈过脸去。

"下官保证！"

"你可以交账了！"海瑞指向罗元济。

李捕头起身，将账目双手呈给罗元济。罗元济递给他一张便笺，上面已经写好字了，是"账目据实，愿负全责"八字。李捕头签上名字，见罗元济指向旁侧的印泥，就伸指进去，蘸好印泥，在自己的签名上按下。

"你可以走了！"见他候在一侧，似乎在等候核账，海瑞指向门外，"请吏房经承入核！"

李捕头怔了下，揖过礼，大步走出。

接续李捕头的是六房经承，一房挨一房，再后是四大库房，再后是牢头、驿丞、训导、庙吏等淳安县衙属下凡有独立账目的所有核算单位，程序是清一色的，由责任人交账，签下账务如实的责任书，按下红手印，退出。及至午时，淳安县衙内所有账务全部交完，主簿旁侧摆起厚厚几大摞账册。

"诸位仁兄，"海瑞看向四人，"午时到了，大家各自回去。

后响申时，在下有请诸位仁兄大堂议事。还有，"朝吴仁拱手，"麻烦仁兄通知衙内吏胥以上属僚，后响申时准时在大堂外面守候，本县点卯！"迅即笑了，"不是卯了，是申，本县点申！"

几人也都笑起来，气氛陡然间轻松许多。

后响申时，淳安县衙吏胥以上属员会集于大堂门外，乌泱泱一片。这是海瑞到任以来真正的点名，众人表情无不严肃。

点名是要一个一个进的。通常情况下，新任知县每点一名，被点名者入堂拜见，由知县拿名册与人核实，算是点过了。

海瑞升堂，见吴仁四人已在旁侧落座，遂传令门外候等人员全部入堂，按班排序。由于人员太多，大堂显得小了，海瑞吩咐进不来者可以站在门口或门外，能看到大堂或听到堂中声音即可。

没有哪个知县是这般点卯的。众人好奇，但没有谁吱出一声。

"诸位同僚，"见人员到得差不多了，海瑞震起惊堂木，"今天上午，本县一一审核了衙中各房库等的相关账目。名为一一审核，其实本县既没有审，也没有核，今后也不打算审核！"

海瑞此语如晴天霹雳，堂中的所有人，包括主簿罗元济，全都被震住了。

"罗主簿，"海瑞看向罗元济，"今天所收的账册，明的也好，暗的也好，都由你原样封存，若因封存不当而出现任何纰漏，也由你担当全责。"

"下官受命！"罗元济起身，朝海瑞揖礼。

海瑞回他个礼，目光如炬，扫视堂中，声如洪钟："诸位或有疑问，本县说过——审核，为何突然又不审核了呢？因为，过往账目是与本县无关的。既然这些账目与本县无关，本县若是劳心费神地一一审核，就是不信任诸位。本县初来乍到，有何理由不信任诸位呢？本县坚定相信，你们所做的所有账目都是据实的。本县已让主簿封存全部账册，若有谁未能据实入账，将来有一天，但凡露出马脚，有签字，有画押，谁该担责，一清二楚，大明律令皆有明判！"

众人骇然。

"诸位同僚，"海瑞提高声音，不无威严地扫视众人，"过往账目与本县无关，但自本县赴任的第一天起，淳安县的每一笔入账、每一笔出账，就都与本县有关了。我这丑话说在前面，无论何人，谁敢不当征收、不当动用所管账目中的一丝一毫、一分一厘，只要被本县察知，本县必当以律治罪，绝不容情！"

众人再被震慑，面面相觑。

堂中死一般的静。

"我再说最后一个，"海瑞再一次扫视众人，慢慢举起案头的名册，"诸位的大名本县就不点了。为什么不点呢？因为眼下本县还不能点！为什么不能点呢？因为你们都不是本县聘任的。作为万岁爷钦命的淳安知县，本县对淳安县须负全责，包括对僚属吏胥的聘用。在淳安县衙里，只要不是朝廷命官，所有吏僚都在本县的聘任范围之内。本县初来乍到，与诸位并不相熟，凭什么去聘任衙中的一应吏僚呢？只凭一个，能力。什么能力呢？奉公执差的能力！所以，本县正告诸位，"指向堂中所有吏僚，"你们当中的所有人，本县今日全部解聘。三日之后，本县在衙门外设立招贤榜，张榜招聘。你们当中另有高就的，本县欢送。你们当中如果有谁仍旧有志于入衙就职，尽可报名应聘，凡是通过本县考核的，由本县张榜聘用！本县具体考核什么呢？你们只要记清三条就可以了：第一条是宣誓向本县负责，因为你们是本县聘任的；第二条是如何向本县负责，也就是明了己任，尽心于民，想民之所想，急民之所急，全心全意地服侍民众；第三条是如何全心全意地侍奉民众，也就是植根于民，扎根于田间地头、乡都村落，而不是天天守在衙门里面侍奉上官，只做上官吩咐的事，甚者更将民众放在脑后，利用职权吃拿卡要，鱼肉乡民。至于考核你们的官员，"转向吴仁四人，"就是四位大人！"

众吏胥听得真切，一时呆了，即使一向如风如雷的李捕头，此时也呆若木鸡。

"本县宣布，"海瑞转过头，扫视众人一周，声音清朗，"在新的聘任正式张榜之前，淳安县衙放假三日！"拿起惊堂木朝案上轻轻一震，"退堂！"

大堂炸了。

在海瑞宣布"退堂"之后，除海瑞之外，没有一人退堂。众吏属无不眼睁睁地看着海瑞离开他的大椅子，走向大堂的后门，走向二堂，走向他读书理事的西华厅。

在海瑞的脚步声消失之后，不知是谁率先跪下，接着，所有人员全都跪下，齐刷刷地跪满一堂。由于跪地占用场地较大，跪不下的就退到门外，跪在堂外的甬道上。

吴仁四人面面相觑。

"这这这……"吴仁哭笑不得，指众人数落，"你们方才为什么不跪？是海大人解聘你们，你们要跪的是海大人！"

任凭他如何数落，众人谁也没动，只是跪在那儿。

"元济兄，哪能办哩？"吴仁看向罗元济。

罗元济两手一摊，回他个苦笑。

"诸位同僚，"吴仁略一思忖，朝众吏员拱手，"天色晚了，请大家各回各家吧。海大人说是放假三日，你们家中有事的，就在家中理事。家中没事的，明朝可以继续过来当差嘛，衙中事务繁多，不能无人，是不？再说，海大人没有说不用你们，只是说重新聘用，你们猴急什么呢！"

"吴大人，我们全听您的！"李捕头率先站起，朝众人叫道，"走吧，弟兄们。怕什么考核呢？有谁能比咱熟悉这衙门？"

吃下吴仁的这颗定心丸，众人也都纷纷站起，各回各家了。

堂中余下吴仁四人。

吴仁看向罗元济，半是征询，半是试探："仁兄天天守在衙里，离海大人最近，封账与考核的事，海大人之前没个透露？"

罗元济摇头。

"海大人真叫个高深莫测啊！"吴仁慨叹一句，指向后堂，"诸位仁兄，海大人要我等参与考核，哪能个考核法，有谁愿随在下去讨个章程？"

三人不再多话，起身随吴仁走向二堂，径直来到西华厅。

"坐坐坐，"海瑞出门迎入，笑盈盈地让座，"海瑞正在恭候诸位呢！"

四人坐了。

见海瑞早已沏好粗茶，每人案前一杯，四人始才信了，各朝海瑞拱手致谢。林兆南真也渴极，举杯小啜一口，继而咕咕一气儿喝下，将空杯示给海瑞，惹得众人都笑起来，厅里气氛缓和不少。

海瑞拿出大铁壶为他斟上，笑道："这一壶是在下从武夷山里带来的仙茶，要细品才是，林兄这般牛饮了，是暴殄天物喽。"

"哎哟哟，海兄天物，下官这得细细品喽！"林兆南接过杯子，小啜一口，不无夸张地吧嗒起来，惹得几人再次大笑，厅中气氛完全缓和。

"诸位仁兄，"待笑声过后，海瑞拱手一周，"在下恭候于此，是晓得你们要来，也晓得你们为何要来。今天的事确实有点儿突兀，但这个突兀不是在下有意搞的，是它本就如此。道法自然，我海瑞明人不做暗事，一切都是真真切切的，一切都是要摆到桌面上的。"

见海瑞扯到正事儿，四人敛起笑，搁好茶杯，正襟坐定。

"诸位仁兄，"海瑞再次拱手，"你们也都看到了，想必也都晓得了，在下此来，不能说是初次为官，却是初次赴任知县。大家都在官场里钻研，也都晓得官场里的规矩。其中一个规矩是，知县可以带来两个管账的师爷。海瑞没有带。不是海瑞不想带，而是海瑞不能带。海瑞为什么不能带呢？因为海瑞带了，就是不信任诸位襄助。海瑞若有两个师爷，诸位就会认定师爷是我海瑞的人，诸位就会认为，凡师爷所想就是我海瑞所想，凡师爷所为就是我海瑞所为，从而受制于师爷，甚至由此而荒废职守。海瑞我出生于僻壤荒蛮之地，少小受圣人之教，从阳明之学，守君子之道。君子之道乃'修齐治平'四字，然则海瑞天资愚笨，虽壮怀激烈，却时运不济，连番参与大比，皆未跃越龙门。所幸皇恩浩荡，不弃浅质，使海瑞得缘治淳安一隅。不瞒诸位，自受诏书之时起，海瑞内心就惴惴不安，生怕才智浅薄，有负皇恩。至淳安后，见有诸位大才襄助，瑞心稍安。"

海瑞讲得真诚，但在几人耳里，无一句不是官面上的套话，因而谁也没有放在心上。

"诸位仁兄，"海瑞话锋陡转，"你们慢慢就会晓得，海瑞是个直人，不会曲里拐弯。自来淳安，海瑞看到的、海瑞听到的与海瑞曾经看到、曾经听到的毫无二致，而这些正是海瑞不想看到也深恶痛绝的！海瑞不是大才，无力治理天下，可淳安一域今朝摆在海瑞面前，海瑞想撒手也不成了。关于淳安，诸位远比海瑞熟悉，我这儿班门弄斧，略讲一二。淳安县事，急迫者有三，一是讼案，二是民生，三是治安。讼案表现为积案，民生表现为逃荒者，治安表现为倭寇侵扰。三者合并为一，就是民生不堪。民生何以不堪呢？有讼不审，民就得不到公正；逃春荒成为生计，民就无余力经营；倭寇轻松入侵，民就惶恐惊惧。"

海瑞一下子抓住淳安的三大要害，几人皆惊，面面相觑。

"三大紧迫县事，根都不在诸位，诸位不必自责，海瑞也断不会责怪诸位。"海瑞抱拳，看向罗元济，"这些日来，我从元济兄处学到很多，也得到吴仁兄、兆南兄、振威兄的有力襄助，已将近年来的所有积案审判完毕，再有讼案时起时结，急迫县事已去其一。至于另外两大急迫，海瑞要拜托诸位了！"

"海大人，"吴仁率先表态，"您吩咐吧，我等全听您的！"

"谢吴仁兄！"海瑞拱手谢过，扫视四人，"俗语道，'欲成其事，必利其器'，这就是方才在下宣布考核所有吏僚的唯一因由。吏若不治，衙必不清，一个浑浊的衙门只能成为百姓的噩梦。我皇万岁既将淳安交付我等五人，清正衙门风气当是第一要务，否则，我等就有负皇恩了！"看向罗元济，"我没有当过知县，几天前从元济兄处查到一些数据，吓了一跳。譬如在下今年的可支配官银为五百二十一两，其中俸银四十五两，其余银两，皆为皂役开销。都有些什么皂役呢？有门子二名、皂隶十六名、马快八名、陆路及其他种种杂役若干名、民壮十六名、禁卒八名、轿伞扇夫七名、库子四名、斗级四名！诸位仁兄啊，我海瑞有胳膊有腿，需要这么多人左右侍奉吗？我海瑞何德何能，竟要这般心安理得地享受这些皂役的侍奉呢？将近五百两银子啊，无一不是民脂民膏，难道是要我在民脂民膏上面摆出我这个县太爷的赫赫威风吗？这样的威风我海瑞摆得出来吗？轿夫、伞夫，还有帮我扇扇子的夫，我若享受这些，让我的七十岁老母情何以堪、情何以堪哪，我的诸位同仁！"

海瑞讲得激动，将案子拍得咚咚直响。

吴仁几位显然让海瑞的情绪带动了，各自做出表情。

"诸位同仁，"海瑞缓和语气，苦笑一下，朝众人拱手，"我的闲话扯完了，来几句正经的。"看向罗元济，"主簿，我知县所可支配的这四百多两银子，你掌握一下，必须开支的就开支，不必开支的，就给我省下来。我晓得他们有家人要养，所以，这些省下来的钱依旧给他们，但不是让他们来侍奉我，而是侍奉所有的淳安人。如何侍奉呢？这就是我想与诸位仁兄谋议解决的另外两宗大事，一是民生，二是治安。关于民生，最紧迫的是逃春荒，而逃春荒的根源是田赋不均。我的设想是，安排吏员，对全县田亩、户籍、徒工、林泽、河渠、物产、商贸等做全面清查，详细入册，对所有田产、人口等予以征收，对享受朝廷奉免的先征后退，征要征个明白，退要退个清爽，糊里糊涂反而有负皇恩。至于眼前，先施粥以解眼前之饥，后开仓放赈，莫使饥民饿死于道路滩涂。再后是鼓励拓荒、耕织，广开财源，促进商贸，奖勤罚懒。关于治安，我的设想是，尽快构筑城防，打造兵器，组织尚武乡民，设立乡里保甲规制，以强我县民，防止倭寇再次窜犯！"

海瑞一连端出两大设想，哪一个都是四位僚属未曾想过的。

四人各自闭目，良久，吴仁给出一个苦笑，开口："海大人呀，您的设想确实不错，激动人心，可下官以为过于宏大了，非我淳安财政所能担当。海大人也都看到了，淳安的百姓，穷啊，财政入不敷出，乡民食不果腹，还要应对抗倭加征的额外赋役，就眼前而言，实无余力担得起海大人的宏图远志啊！"

"吴仁兄，"海瑞看向他，"担得起担不起是一回事，担与不担则是另一回事儿。许多事，不试一试哪能晓得呢？"

见海瑞直接撑回去了，其他三人也都不再说话，各自闭目。

"诸位仁兄，"海瑞给出真章，"在下一向是个急脾气，说干就干。如何去干，身为知县，我挑头，诸位襄助。功成，记在大家头上。功败，由我一人担当！具体职分如下：吴仁兄主持城池修筑，这就寻访工匠，测绘并确定城墙、城门位置，测算土石木金用量，绘出工程草图，做出工程详案。元济兄主管田亩、户籍、山泽、赈济等一应清查及县衙内所有账目，如果需要，可招聘两个师爷协助。振威兄主管城乡保甲体系，组织尚武乡民习武强体，夜晚值更，谨防倭寇、盗贼。"看向林兆南，"兆南兄，你是教谕，主管淳安的未来，职守最重。在下的建议是派员下乡，整治全县域废弃的宗祠、庙宇及闲置房产，设立乡校，聘请生员，力争做到村有村学、乡有乡校，凡有志于学业的孩子皆可入乡校修习学业！"

"敬受命！"林兆南起身，态度夸张地朝海瑞施个大礼。

众人再笑起来。

"至于衙中人员的选聘，"海瑞拱手，"在下也交给诸位权衡。他们本就是诸位的吏属，知他们者也莫过于诸位。你们各考核各的，考核过后拟出一个聘用名单，提交给我，张榜公布，让他们接受所有淳安人的监督。新官上任三把火，我海瑞只烧一把，就是与诸位同甘共苦，营造一个富裕、平安、民乐其业的新淳安。这把火如何去烧，在下就拜托诸位了。海瑞我只做一件事：为诸位添油加柴，跑腿操心，保驾护航！"

这算是个交心会，在这会上，海瑞把该出的牌全部出完了。

天色晚了，阿德送饭，见到一屋子的人，迟疑一下，站在院里。吴仁四个看得明白，纷纷起身，别过海瑞后离开西华厅。海瑞也没远送，招手阿德送饭过来，边吃边与他扯拉后山窝逃荒过来的那一家子。

阿德摸出一个纸头，递给海瑞。

海瑞看过，搁下筷子："哪里来的？"

"是齐无盐的女人给的，说是她的姥爷留下来的救命秘方，她试过，果真在关键辰光保命呢。她将此方传给同村里的人，无论再大的灾，村里没有一个饿死的。"阿德皱眉，"可上面写的是啥宝贝，我是两眼一抹黑，一个字儿认不出哩！"

"是几味山珍，"海瑞冲他竖个拇指，"你做得好哟，我这就拿给罗主簿，让他宣扬出去，解救更多的人！"

"都有啥山珍？"阿德急切问道，"我也去弄些，备个万一！"

"是这几样：绿葱根、松花蕊、蕨粉、葛粉、檞木子、苦株子、野苎根、仙遗粮、榔树根、山苦荬、布穀柴子、老鸦馒头……"

"我哪能一个也不晓得哩？"

"你当然不晓得了。人家写的是此地山珍，你是外地来的，摆你面前也认不出。呵呵呵，上面还写有详细的吃法呢，灵灵灵！"海瑞朝外努下嘴，"看看罗大人的窗里亮灯没？"

阿德走到院中，叫道："亮着哩！"

海瑞放下碗，略略一想，一脸严肃地看向阿德："阿德，你想不想干件大事？"

"老爷，您吩咐！"阿德听到是大事，挽起袖子，摩拳擦掌。

"你这就去见齐无盐，让他多寻些人，照这纸头上的方子备料，越多越好。"海瑞起身，将方子抄写一份，摸出一贯钱，递给阿德，"这方子还给他们，这是我让他们备料的工料钱，不能让他们白干，是不？"

"好咧！"阿德接过钱，兴致勃勃地去了。

海瑞拿上新抄写的方子，大步走向罗元济的房子。

夜深了，栖凤楼三楼的偌大账房里灯火通明，胡振威坐在一把靠窗的藤椅里，透过窗棂里一层通透的西洋玻璃远眺那没有月光、没有星光也没有任何渔火的灰乎乎江面。何算盘坐在他的对面，双眉紧锁。二人的中间是一只藤制的小圆桌，桌面上摆着一块圆玻璃，玻璃上摆着两荤两素四盏小菜，一瓶没有拧开盖的西洋酒放在窗台上。

"把窗子推开吧，闷气！"胡振威出声。

何算盘没有睬他。

"常哥，窗子的把手在你那边！"胡振威提高声音。

何算盘依旧没有睬他，似乎压根儿没有听见他的话。

胡振威嘟哝一声，站起来，走到何算盘身后，啪地打开窗子。一阵江风旋进来，将摆在窗台上的油灯裹灭，账桌上的另外两盏灯的火苗也都跟着剧烈晃动。

"乖乖！"胡振威龇下牙，急将窗子关上。

"照你这般说，"何算盘纹丝不动，声音却是说给胡振威，"海大人是个高人哪，我这把算盘小瞧他了！"

"高他奶奶个腿！"胡振威来劲了，扑地坐回他的椅子上，噌地拧开西洋酒瓶盖，仰起脖子灌下一气，旋紧盖子，将酒瓶搁回去，"是他根本不按套路出牌！"

"你呀……"何算盘瞥他一眼，摇头。

"关键是，"胡振威越发来劲，"林兆南那孙子就跟打了鸡血似的，一路上眉飞色舞，摩拳擦掌。还有吴哥，也连声叹服哩。那怪物将我等按在搓板上揉来搓去，他这叹服个屁呀！"

"这就是海大人的高明之处！"何算盘看向他，"你晓得海大人高在何处吗？"

"高在何处？"

"高在将你等按在搓板上搓来揉去，你等无可奈何不说，还得连声叹服！哦，对了，"何算盘猛地想到什么，"海大人宣布封账及解聘所有僚属的事，罗元济真的一无所知？"

"真的！"胡振威语气肯定，"海大人在宣布时，罗元济一脸惊愕，那神态是做不来的。他的嘴里好像还嘟哝什么，我离得远，只看到嘴皮子动。再就是在西华厅里，姓海的刻意去套罗元济近乎，委他重任，罗元济无动于衷，似乎并不领情！"

"罗元济城府深哪！"何算盘吧咂一下嘴皮子，给出个苦笑，"我等辛苦做账个把月，他轻轻一招就拆解了！"

"常哥是说，封账是罗元济的主意？"

"无论是谁的主意，都是好主意！"何算盘轻叹一声，"这样也好，之前的账他们不审，我们也就挽个结了，没什么放不下的了，从今往后井水河水两不犯，双双得个利索！只是……"欲言又止。

"只是什么，常哥？"

"妹夫你与吴仁怕就没那么利索喽！"

"怎么个不利索了？"胡振威急了。

"解聘、续聘哪！"何算盘眯缝起眼，下意识地扳动手指头，"淳安四大命官中，林兆南、罗元济是打外地来的，坐地炮子是你与吴仁，衙门里上上下下都与你俩扯着皮、连着筋，唯你俩马首是瞻。海大人一忽刺全都解聘了，又一忽刺全都续聘了……"

"没什么呀！"胡振威截住他的话头，"姓海的把话搁明了，解聘、续聘只是走个过场，衙门里所有人的续聘还是我们几个说了算！"

"你是这般想的，上上下下的吏胥们可就不会这般想哟！"何算盘晃起脑袋瓜子，"他们只会晓得，是海大人拿掉了他们的饭碗，又是海大人张榜，给了他们饭碗，而你们几个，不过是过个手，就好比我这个账房，一天到晚在这算盘上划来拨去，拨拉的多是人家的钱！"

"咦，常哥这辰光拨拉的不就是咱自家的钱吗？"

"是我自家的吗？"何算盘盯住他，瞪起小眼，"没有你的钱了？没有赵大人的钱了？没有吴大人的钱了？还有什么捕头、牢头、经承什么的，哪一个不都是入了股、结了伙的？你们不动不劳，坐庄取利，所有的劳苦、所有的脏活、所有的风险全都压在常哥一人肩上，你却说，我这拨拉的全都是自家的钱？"

"常哥？"见算盘无端说出这些，胡振威惊讶了。

"好吧，不跟你扯这些，还是扯扯海大人的事！前面的戏文唱砸了，后面的戏文哪能个唱法你可晓得？"

"请常哥指点！"胡振威拱手。

"不惜代价，将那个怪物弄走！"

"可这……哪能个弄法？"

"我记得提起过，一个是你与吴大人时刻瞪大眼睛，在那厮的磨道子里寻到他的蹄子印儿，再一个，他不是接下一宗已经了结的铁案吗？"

"瞪得再大也没屁用，那刺儿头的蹄子上裹着一层布，半个蹄子印儿——"胡振威猛地一拍大腿，"有了！"

"哦？"何算盘看过来。

"乐器铺里的那把老琴，"胡振威眉飞色舞，"他支出薪俸，让罗元济交给我一两八钱，可林兆南说，琴底有苏东坡的题字，单那题字就值一百两还多！他拿一两八钱买下一把百两银子的老琴，常哥，这事儿算不算个蹄子印儿？"

何算盘闭目有顷，伸手拿过窗台上的酒瓶，仰脖灌下几大口，伸筷夹起一块肉，塞进嘴里，小嚼一会儿，轻轻吐出仨字："记下来。"

淳安县衙公职人员的解续聘事件闹腾三日，于第四日由一长排大红榜张布于衙门之外的公告墙上而画上句号。

一长排的红榜，每一张都盖着海知县的大印与海瑞的签署。榜上分别列出的是县衙内各房各库各所各署的吏胥配置、职分、待遇、守则、受聘人、考核人等，所列内容均见载于吏部颁发的县治通用例则，海瑞没有多加一句。不同的是，这些通则之前是由县衙内部掌管的，从未公布于众，百姓进衙，往往是转来转去也找不对合适的接口，这下齐全了，所为何事、该入何门、该找何人一清二楚。

海瑞在榜单上注明，所有受聘人员必须接受全县民众的监督，处理公务时不得以任何借口收取任何法外费用，凡有违规者，任何人均可直接向知县举报。若举报属实，违规者将被开除公职，依法治罪，且罪加一等。若是举报不实，举报者也将依法严惩。

一排榜单的最后一张是由海瑞签署的荒春赈灾措施，主要有荒民入册、施粥、赊账放粮等几项举措，末了附着一剂由齐无盐女人提供的应急救命偏方。

在张榜公布的当日，一群人就在城隍庙院外支下大锅，以城隍爷的名义向四面八方流动过来的逃荒者施粥。

听闻城隍庙里施粥，方圆左近的逃荒者都来了，将庙院挤得满满的。

城隍庙外有个广场，广场正面有个戏台。齐无盐夫妇沿庙外的院墙支起十来个灶台，将这几日依据方子筹备的山野材料现场加工到可以食用。听闻一切备妥，海瑞带着罗元济及县衙经承以上吏僚在中午施粥辰光赶到城隍庙，在一众求粥者的注视下，先拜城隍，后排队至齐无盐的野味摊前，领取度荒野味。

看到带头来吃的县太爷竟是搭棚首日送给他们食物的人，齐无盐夫妇不无激动，含泪为他舀出一碗。见县太爷与这些平素高高在上的衙门官人全都来吃这些平日他们难以下咽、只喂牲畜的山野菜，所有逃荒者既好奇又感动，纷纷离开城隍庙里派施的粥锅，在齐无盐的摊前排起长队。

"父老乡亲们，"海瑞将他的一碗吃完，放下筷子，跳上戏台，朝众人拱手一圈，"我是淳安县新任知县海瑞，我晓得在这院里受粥的父老乡亲大多是淳安人。身为淳安知县，眼睁睁地看着淳安百姓四处乞讨以度春荒，我痛在心里。我听说，个别乡里还有饿死的，也有饥毙于道路的。一过春节，淳安外出逃荒的乡民是一家接一家，一拨接一拨。这是不可以的。淳安山秀水美，富甲江南，而淳安百姓却度不过春荒，我海瑞是怎么也想不通的。我家住在海南琼山县，海南的山并不比淳安的山秀，海南的水也并不比淳安的水美，可就我所见，海南没有一家外出讨饭以度春荒的。我家并不富裕，一到青黄不接辰光，我家也是断粮。可我没有挨过饿，为什么呢？因为大地上到处是宝，山水里到处是鱼肉，我需要的只是勤快，只是肯吃苦。父老乡亲们，活人不能让尿憋死，更不能活活饿死。饿死的只会是懒人，绝不会是穷人。"指向齐无盐夫妇，"这对夫妇是上八都人，他们的村上就没有一家饿死。为什么呢？因为他们有个向山水取宝的秘方，本县特请他们来，就是将此方子介绍给大家，我已张贴在县衙外面，还有这城隍庙外面的墙上，请大家记载下来，向大山荒野寻宝，向水溪池塘寻宝，从今往后自食其力，不要再逃春荒！"指向罗元济，"这位是县衙主簿罗元济大人，从今天起，罗大人开仓放赈，你们都可凭借户籍证件向户房申请赈济，赈济数量按人头起算，至多可每人申请两斗。此番放赈是有条件的，是县库向你们赊账借粮，待丰收之后，有力偿还之时，你们还是要还回县库的！"

面对这位向他们掏出心里话的县太爷，满院的逃荒者纷纷跪下。

不消半月，遍布贺城的逃荒者不见了，齐无盐一家也从县库借到粮食，返回家园。与此同时，在解聘、续聘风潮中受到惊吓的县衙吏胥人等，不得不按照海瑞的要求，或在罗元济安排下四散奔赴乡都村野，组织乡贤清算田产、户籍、徒役、物产等；或在吴仁引领下忙活城防工程，测绘地基；或在胡振威指挥下，组建乡勇，锻造兵器，习武打更。最起劲的当数林兆南，亲自带队奔赴偏远乡都，清查可用于乡学的闲置房产及闲散儒生，筹建乡学。

到任不过两个月，海瑞以一己之力将淳安县域的这潭死水搅动了。无论是贺城还是乡野三十六都，海大人的故事正在成为传奇。

颇为郁闷的是吴仁，一连几天没去他的布政分司署，只守在他的豪华书斋里写字打坐，坐不下去时就数着佛珠念叨经文。

吴仁最爱念的是《金刚经》，最喜欢的一句是"应无所住，而生其心"，但又总是念着念着就守不住心了，朝自己苦涩一笑，摇下头，站起来写字。

这日上午，吴仁正坐在他的蒲团上闭着眼睛转珠念经，看门狗撒着欢儿将何算盘与胡振威引入书房。

"吴哥，看看谁来了？"胡振威笑道。

"是算盘呀，坐吧！"吴仁早就听出音儿了，眼睛没睁，转动佛珠的手指向对面的蒲团。

何算盘在蒲团上坐下，胡振威忙活泡茶。

"吴大人成个活神仙了！"何算盘学他的样子盘起腿，但功夫不到，只能单盘，瞧会儿吴仁，颇为吃力地去盘另一条腿，疼得他龇牙咧嘴。

"算盘呀，"吴仁睁开眼，"盘不起就盘不起，没有人笑话你！"

"唉，"何算盘长叹一声，"原也是能盘起的，只这半年没跟吴大人学禅，就……"

"得了吧，"吴仁笑了，"无事不登三宝殿，说吧！"眼又闭起来。

"听说吴大人在忙活城防的事,算盘好奇,想问问大人忙活到啥个地步了?"

"啥个地步?"吴仁嘴角撇出一笑,"瞎子取油灯,太监入洞房,还不都是瞎折腾?"

"吴大人哪,"何算盘连连摇头,"修城布防当是贺城立城以来的最大盛事,怎么能是瞎折腾呢?"

"你拨拉几下算盘,拿啥来修?"

"钱呀!"何算盘做出拨拉算盘的样子,"吴大人不但要修,还要修他个排排场场,可照严州府,不,照杭州府城的规制来修!"

"算盘,几个意思?"吴仁猛地睁眼,盯住他。

"一个意思,执差呀!"何算盘摇晃脑袋,"海大人壮志凌云,身为县丞,吴大人当全力襄助海大人才是。海大人将如此重要的差事交给吴大人来执,吴大人哪能坐守雅室修禅念经,如此这般偷起懒来呢?"

"何算盘,甭拐弯了,直说!"吴仁急了。

"吴大人想不想不当县丞?"

"不当县丞,我能当啥?"

"县太爷呀!"何算盘一本正经,"海大人是举子,吴大人也是举子。海大人熟读经书,吴大人也熟读经书,不像我和振威,横竖都是粗人。海大人是正八品进正七品,吴大人这也早是正八品了,凭什么不能如海大人一般更上层楼?"

吴仁闭目，良久，重重叹出一气。

"吴大人，您甭叹气，只要上心，天底下就没有做不成的事，是不？"何算盘半是鼓励。

胡振威这也沏好茶了，一人递一杯，自己端一杯，吧唧几口，弯下腰，抵近吴仁的耳朵，声音极低："常哥不是瞎说。常哥这儿有两桩喜事，一桩是，臬台赵大人近日入了严阁老的门，另一桩是，赵何氏，也就是常哥的亲亲小妹，结胎了，赵大人使大夫诊过脉，说是个承继香火的。赵大人妻妾多房，却没生出一个带把子的，这下乐坏了呢！"

"哎哟哟，赵大人双喜临门啊，不得了，不得了，在下这先道贺了！"吴仁连拱几下手，闭目念出一长串"南无阿弥陀佛"。

"吴大人，您给个实意话，想不想更上这层楼？"何算盘接上自己方才的话。

"唉，"吴仁长叹一声，"要是真有这一天，我吴仁……南无阿弥陀佛！"双手合十，再次念经。

"在下问的是，吴大人是想，还是不想？"何算盘的声音追过来。

"说吧，算盘兄，想让在下做什么？"吴仁看向他，态度平静。

"听从海大人的吩咐，修城筑墙。修高城，筑大墙，还要将城门楼建得高大威猛，气气派派！"

"这……"

"吴大人若嫌此活儿有扰清静，尽可包给算盘，由在下安排做去，不劳大人出一文银子！"

"哟嘿？"吴仁惊讶了。

"吴大人放心，在下立下军令状，一定在两个月内拿出贺城的城防工程图纸与预算细案，保管海大人眉开眼笑，称赞吴大人上心！"

"你……要何回报？"

"不求回报，但大人须允准二事，一是大人须将工房经承与书吏配给我使用，否则，在下就打不出大人的旗号。二是大人须将整项工程交由算盘总揽！"

"成。"吴仁略一沉思，"不过，吴某丑话说在前面，修筑城防，花费不是一般的大，如果海大人未能筹到款项，使得何兄白忙一场，何兄就不能抱怨在下了！"

"这个自然。"何算盘压低声音，"我这儿还有个大消息，吴大人或许想听！"

"何兄请讲！"

"小妹来信说，就这几日，胡总督大战倭寇，取得大捷，在宁波沿海剿灭倭寇好几千，说是倭寇流血漂杵啊！"

"阿弥陀佛，吾皇万岁万万岁！"吴仁双手合十，再度祈祷。

"小妹还说，"何算盘的声音更低了，"此番大战，我方虽然大捷，殉国将士却也为数不少，急需抚恤，严阁老一时急切，就将这笔款子分摊到浙江各府县了，数目不小哦！"

"衙里各房、库、所等刚刚结过账，没余啥钱了！"

"有钱没钱是海大人的事,如何应差自然也是海大人的事,吴大人不过是个襄助,是不?"

吴仁长吸一口气,良久,缓缓吐出。

"吴大人哪,淳安是淳安人的,不是外地人的,不能由着外地人瞎折腾啊!这些年来,淳安知县走马灯似的换,好不容易盼来一个海大人,不想他折腾得更欢实了,生生把咱淳安这方天地翻了转儿。眼下是关键辰光,淳安还有机会,你、我、振威必须合力共气。兄弟一心,其利断金。只要我们仨多上一点儿心,多加一把儿劲,将火烧得旺一些,让海大人屁股下面的大椅子烫一些,海大人或就吃不住,或就上火。待海大人火气攻心,不堪承受那把椅子,在下就陪吴大人走一趟杭城,贺喜臬台大人喜添贵子,赵大人一开心……"何算盘打住话头,两只小眼眨也不眨地盯住吴仁。

"谢何兄抬爱!"吴仁起身,朝何算盘深深一揖。

"还有,"何算盘压低声音,"听说青溪驿的驿丞是吴大人的外甥,可是真的?"

"是我外甥。"吴仁点头,"何兄有什么要他效力,我这就吩咐他来!"

"是个重位呀!"何算盘拱手,"老淳安人自古好客,迎来送往是脸面上的事。青溪驿是县衙的官驿,辖治淳安境内东西、南北官道上二十二个驿铺,是咱淳安人的脸面哪。听闻海大人要求令甥以大明规制接待过往客官,这个好哇。吴大人大可知会令甥,让他务必执行海大人的新规矩,莫徇一丝丝儿的私,莫同一星星儿的情！"

　　吴仁悟出何算盘的用意，表情释然，朝算盘拱手："谨听何兄！"

第 12 章
胡府公子爷

果如何算盘所言，第二日傍黑，青溪驿丞冯楠快马驰至县衙，将一封火急公函呈递海瑞手中，索到海瑞的签收后方才离去。

公函是浙江巡抚府下发的，末尾盖有巡抚大印及抚台王大人的亲笔签署。函中述及胡总督剿倭大捷，急需军饷供给，要求淳安县衙务必筹集抗倭专银三千两，于十五日内押送杭州。

海瑞持函去寻罗元济。

"三千两，十五日？"罗元济苦笑一下，"哪儿抢去？"

"库中余银还有多少？"海瑞在客位坐下。

"都在这儿！"罗元济从抽屉里拿出一册，"这是总账。"

海瑞翻开账册，看向最后的数字：九百八十八两七钱，闭目。

海瑞晓得,这是县衙上下百多口子未来几个月的日杂用度,动不得的。

"可有富产能够出借?"海瑞抬头看向他。

"若是三年前,找施家商号周转一下就可以了。可这辰光……"罗元济摊开两手,"又逢荒春!"

"抗倭是国事,前方将士拼死拼活,流血牺牲,咱不能让他们饿肚子。这样吧,淳安县境谁家有钱,没有谁比你清楚。你列个清单,明朝交给我,我在县衙里备席请客,向他们临时筹借,度个眼前急!"海瑞站起来。

"也只能这样了!"罗元济笑道。

冥冥之中,皆有安排。就在罗元济煞费苦心地罗列名单之时,青溪驿里突然闹出一宗惊动淳安的大事,一群过路客人将驿站砸了,更将驿吏吊在驿站大院中的老樟树上。

淳安是沟通南方诸省的交通要道,更是徽商东出的必由之路,过往客人甚多,因而青溪驿站在县级驿站中属于规模较大的,设有三十多间客房,配有驿丞、驿吏、驿役等毛十人,外加两个厨师,可同时接待数十名过往客人,外加栖凤楼等城内酒楼、客栈等,即使过客逾百也不在话下。然而,这些都是几年前的事。自施家败落,淳安的过客明显减少,原本每年能向县衙上交少许利银的青溪驿站,两年来连续亏空,养不活过多的皂役了。出于无奈,冯楠裁减近半人数,又向县衙申请不少补贴，总算将驿站勉强撑住。

人员少了，遇到较大客情或大宗驿件时，驿站往往捉襟见肘，难以操持，何况这日过驿的是三辆马车、十几匹战马，外加毛十名壮硕仆从。

冯楠由县衙驰归驿站时，天色已经黑定，驿站的大院里乌泱泱地现出一堆人，乱作一锅粥。一名皂役远远地守在大门外面，见他过来，拦住马，声音急切："丞爷，快，闹场子的来了，把奎哥吊起来了！"

冯楠将缰绳塞给皂役："快去，叫胡大人速来！"

皂役上马，飞驰而去。

冯楠大步走进驿站大门，果见几个身材壮硕的汉子正在老樟树下吊打驿吏冯奎。冯奎是他堂弟，驿中大小事务实际由他打理。

"诸位官爷，"冯楠急前一步，鞠个大躬，"小人冯楠见礼了！"

"你是何人？"拿鞭子抽打冯奎的人凶巴巴地欺过来。

"小人是此驿的驿丞，慢待诸位了！"冯楠又是一个长揖。

"你小子来得正好！"那人指向站在一侧的锦衣少年，"这位是我家公子，该你造化，今宵宿于你这小驿，不想这个狗娘养的不识抬举，凭空生出许多事来，让人可恼！"

冯楠看向那少年，见他未曾冠起，晓得他年纪未足二十，不知什么来头，紧忙赔个笑，朝他长揖一礼："驿丞冯楠见过公子爷！"

那少年没有睬他，背过脸去。

冯楠讨个没趣，转向冯奎，悄声："奎弟，怎么回事儿？"

"他们一进来就要一品雅房，上等大餐，我……我让他们出示官文，他们说没有。他们说，他们公子爷出行，从来不带官文的。没有官文，按照海大人的规定，就得收取费用，我向他们报了房价，拿出菜单让他们按价点餐，他们就……生气了……呜呜，楠哥，快……快求他们放下我吧，我的胳膊都要断了……"冯奎带着哭腔。

"诸位官爷，"冯楠转向那人，指着冯奎，"他是不管事的，请高抬贵手，放下他吧！"

"那就甭废话了，"那人努个嘴，叫几个汉子放下冯奎，手指冯楠，"你动作麻利些，先给我家公子爷整出个大房子，要你驿站里最雅致的，就是招待一品大员那规格，晓得不？还有，人要吃饭，马要上槽，菜单老子已经列好，你一一备去，少一根葱花儿，小心老子把你吊在这棵大树上，抽死你！"

话音落处，那人递过来一张纸笺，上面密密麻麻地写着菜谱。

冯楠凑近灯光，将那菜谱细审一遍，苦笑道："官爷呀，莫说是这辰光来不及，纵使来得及，小人这个小小驿站也是做不出来这些上好菜肴。没有料呀，单是这鱼翅，官爷若在海边或能吃到，在淳安这地儿，根本就没有卖的！"

那人看向少年。

"鱼翅就免了吧，有熊掌、鹿肝也可凑合。"

"公子爷呀，熊掌、鹿肝也是没有的。前阵子还有几块野猪肉，这辰光没了。"

"你有什么？"那壮汉吼道，"快说！"

"有猪肉、羊肉，还不是太新鲜，这些日来客官少，天气又热了，小人不敢备货。倒是竹笋、江鱼什么的，全都新鲜，公子爷若是不嫌弃，小人这就张罗去！"

那壮汉看向少年。

少年迈过脸，那壮汉随即板脸吼道："你这个混球儿，你这个狗屁驿丞，公子爷要吃啥，是由你定的？来人，把他吊起来！"

几个汉子冲过来，不由分说，将冯楠吊在树上，刚抽打两鞭，一阵马蹄声疾，胡振威骑着驿丞的马飞驰过来。

胡振威一骑马冲进院门方才停住，翻身下来，见院中这般阵势，也是怔了。

为压住场面，胡振威出门时特地换上官服，虽为末等，也算是入品了。那壮汉是识货的，冲他走来，态度倨傲："来人可是淳安县典史？"

见他这般说话，胡振威又吃一惊，气势减去一半，打量他们一眼，揖礼，声音柔和："淳安县典史胡振威见过官爷，敢问官爷是——"

"算你识相！"那壮汉看向少年，颐指气使，"这见公子了，还不叩礼？"

胡振威早已瞄见少年，进前一步，揖道："下官见过公子，敢问公子——"目光征询。

那少年没有回礼，只是扬起一只手，算作招呼："胡柏奇见过典史！"

胡振威心里不爽，可又实在吃不透底细，几乎是下意识地喃声重复一句，半是自问："胡柏奇？"

"大胆狗官，"那壮汉喝道，"我家公子的大名是你这厮所能叫的？"

"敢问官人，是哪位胡公子？"胡振威反倒沉住气了，盯住那汉子，目光如炬。

"说出来吓死你！我家公子乃兵部左侍郎兼都察院左佥都御史加直浙总督胡总督膝下的嫡亲三少爷！"

"哎哟哟，"胡振威打个惊战，顺势扑通跪地，"下官胡振威叩见胡公子，下官有眼不识泰山，慢待公子，还望公子大人大量，恕下官失敬之罪！"

"典史客气了！"胡柏奇这也放下架子，伸手将他拉起，略略拱手，"柏奇路过宝地，没有事先惊扰衙署，只想图个清静，在此驿馆歇息一宵，明晨赶路，不想还是扰到典史了！"

"哎哟哟，"胡振威连连抱拳，指向驿馆，"此等简陋之所，哪能配上胡公子贵躯？下官斗胆请求公子一行前往栖凤楼，那儿有上好雅舍，或称公子之心！"

"呵呵呵，那楼本公子晓得，还住过一宿呢。"

"胡公子，请！"胡振威哈腰礼让，眯起笑脸，不无殷勤地挽住胡公子的胳膊。

胡公子很是受用，没有拒绝。

"少爷，"那壮汉小声，"马都卸了，还有这堆行李……"

"不打紧的，"胡振威笑道，"此地离栖凤楼不过二里地，吹个凉风就到了，至于这些行李，这是县驿，管保没人敢动一根指头！"

那汉子放下心来，招呼同行的人前往栖凤楼。

"冯楠呀，"走到大门处，胡振威转过身，看向依旧被吊在树上的冯楠，"你这下来了，立马禀报吴大人，让他赶往栖凤楼，拜见胡总督的三少爷！我陪少爷先走一步！"

从樟树上被放下后，冯奎晓得驿站摊上大事了，悄悄溜出大门，撒丫子就朝县衙里跑。

"有这等事？"海瑞眯缝起眼。

"是真的呀，海大人！"冯奎脱下衣服，展示其被吊打的惨状，"我的胳膊被反吊到院子里的大樟树上，差点儿就折了！"

海瑞不是不信他被打，而是惊诧于何人敢有这般胆子。

"什么公子？"海瑞盯住他，没有去验他的伤，"怎么会打你？"

"不晓得呢，小人哪儿敢问？"冯奎哭丧起脸，"他们横得很，一来就要住一品大员的客房，要吃一品大员的酒菜，我让他们出示勘合，他们不给，我按照大人的规定报出价码，他们就把我吊起来了。"

"多少人？"

"十来个，都是精壮汉子。"

"你先回去守着他们，本县这就会会那个公子！"

海瑞寻来罗元济，二人赶往捕房，点起所有捕快。海瑞觉得不够，又到壮班房点出十名衙役，拿好器械，匆匆赶往驿站，到后方知，一班人众早被胡振威接往栖凤楼去了，只留下车马行李。

海瑞审验现场，将驿中人叫过来，一一问过口供，让他们画押后守在驿中。

"胡总督是有三个公子，"罗元济轻声说给海瑞，"在下与他同乡，都是徽州的，约略知道些胡家的事儿！"指向驿中，"至于这人，该当是其中一个，不然的话，没有谁敢这般高调。"

"不是公子不公子的事儿，是违法不违法的事儿！"海瑞指着院中的大樟树，"单是无端吊打驿丞，就当领杖三十！"

"海大人真的要把胡公子杖打三十，官场可就热闹了！"罗元济笑应道，"只是他们让胡典史接往栖凤楼，大人想打怕也不好打哩！别的不说，单是胡典史就不好办，捕房与班房都是他的人！"

"事不宜迟，"海瑞略一思忖，"在下劳你一驾，这就去趟栖凤楼，就说我海瑞听闻公子到来，已赶往驿站拜会公子，请公子即回驿站！"

少年公子确为直浙总督胡宗宪的三公子。胡宗宪娶有二妻五妾，胡柏奇为其宠妾张氏所出，这年刚好一十八岁。三年前倭寇经由淳安杀奔胡宗宪老家，年仅十五岁的胡柏奇反其道而行之，在两名仆从的保护下，乘轻舟沿新安江东下，向胡宗宪求救。胡宗宪惊闻家乡遇变，急使锐卒前往剿灭，胡柏奇也就顺势留在父督设在余姚的大营里。此番舟山大捷，胡宗宪一举歼灭倭寇两千余人，也是喜极，刚好清明在即，就使胡柏奇返乡代他祭祖扫墓，以告慰列祖列宗。胡柏奇也早腻味军营生活，带着一众仆从返乡，一路游山玩水，各县府衙闻风而动，鞍前马后照应。返程逆水，为轻灵起见，胡柏奇选择乘车，于这日晚间抵达淳安。

得闻是胡总督的公子，何算盘将栖凤楼里最奢华的大房让他住了，同行的仆从也都各领一间雅室，记了门号，由栖凤楼班头引往餐厅，等候进餐。

栖凤楼里不但有鱼翅，还有西洋酒，只是临时加餐，厨工需要时间，何算盘就将胡公子引入他的账房，让公子坐在他的大椅子上。

未及叙话，胡振威带着吴仁上来了。

"吴哥，"胡振威指着胡公子，乐呵呵道，"这位就是胡公子，我一家子的，我俩路上排过辈，我该叫公子三叔哩。"转对胡公子揖一大礼，"三叔，小侄振威有礼了！"

胡柏奇回个礼，看向吴仁："你是吴县丞吧？"

"下官吴仁不敢当！"吴仁拱手，"吴仁视振威为兄弟，公子既为振威三叔，亦当是吴仁三叔，三叔在上，请受吴仁一拜！"

话音落处，吴仁退后一步，跪地，行叩拜大礼。

"吴县丞请起！"胡公子扬手，看向何算盘，呵呵乐道，"柏奇本想过个路，没想到认下同宗，这又多出一帮同宗好友，看来得住上一天喽！"

"一天能成？"何算盘一脸堆笑，指向胡振威，"我与吴大人就不说了，公子问问你这亲亲小侄答应不答应？"

"不答应，不答应！"胡振威连连摇头，"三叔此来，不住满半月，小侄说死也不答应！"

几人皆笑起来。

"胡公子，振威是我妹夫，振威叫你三叔了，我这当舅子的也该称个三叔才是！"

"嘿，我的侄儿是越来越多了！"

"还有侄孙子呢，"何算盘笑道，"三叔只要在淳安住满半月，别的不说，我担保三叔的侄孙子能在这条江上搭座人桥，供三叔来回踩着过江，只不过，马儿是万万骑不得哟！"

几人又是一阵大笑。

"待三叔住满半月，"何算盘接道，"三个小侄就带三叔走一趟杭州，再让三叔收个小侄！"

胡公子听出话里有话："又是何人？"

"我家亲亲小妹的夫君哪，也是令尊总督爷的麾下，浙江臬台赵安泰大人！"何算盘进前一步，压低声音，"小妹已经有喜了，据大夫说是个带把儿的，嘿，赵大人后继有人，得闻三叔亦来道喜，必定心里开花呢！"

"哈哈哈哈，"胡公子大笑起来，"凌乱了，凌乱了，我随父督见过赵大人，是尊称赵叔的！"

"三叔呀，这个不能算作凌乱，"何算盘眼珠子一转，"人际复杂，称呼上有所交叉在所难免，淳安的规矩是，不同场合可行不同叫法，各按各的来。公子见赵大人，是官场上的公事，只管喊赵叔；我等见公子，是血亲辈分排出来的，只管喊三叔。"看向胡振威与吴仁，"二位认不认这个理？"

"认认认！"吴仁、胡振威异口同声。

"三叔，"在几人的笑声里，何算盘转移话题，"听闻督爷舟山大捷，我等激动得一夜未眠。三叔，能否说说督爷是哪能个捷的，好让小侄开开眼界！"

"唉，"胡公子长叹一声，"柏奇原说要参战的，无奈家父不允。柏奇天天守在大营里，战场上的事只能是听他们说说了。这次对战的是倭寇头子，叫汪直！"

听到"汪直"二字，何算盘由不得打个寒噤，急切问道："汪直呢？他跑了吗？"

"跑得了吗？"胡公子打出一个响指，"父督将倭寇团团围住，打死两千多，生擒不计其数，海面上漂的净是尸首，血把海水都染污了。"

"汪直哪儿去了？"何算盘咬在这事儿上。

"说是掉进大海喂鱼鳖了！"胡公子又是一个响指，"他乘坐的大船被父督的大炮轰沉，下沉之前是大火熊熊啊，船上的人就像下饺子一样朝大海里跳，汪直那厮不让烧死也就喂鱼了！"

"会不会让人捞上来呢？"何算盘再问。

"不会。"胡公子看向他，语气肯定，"汪直是谁？是倭寇的总头子！要是让人捞上来，哪个人傻到不拿去献功？"

"那他……会不会逃掉？"

"逃？"胡公子眉头一挑，"往哪儿逃？茫茫大海到处都是父督的人，他还能游到倭国去？"

"哎哟喂！"何算盘总算松出一口气，听到楼梯上传来脚步声，晓得是上菜来的，走过去开门问过，转身笑道，"三叔呀，总算可以开宴了，您是在这儿用餐呢，还是前往一楼餐室？"

"就这儿吧。"胡公子指向外面，"我那帮仆从，就安排到餐室里。"

何常下楼，见冯楠已在餐室里陪着刚刚吊打过他的那群仆役，随口客气几句，亲自端着托盘上楼，是四碟子凉菜，每一碟都很精致。

"对了，"胡公子看向何常，突然问道，"三年前本公子路过淳安，就住在这栖凤楼，接待本公子的是个叫施柳氏的，她人可在？"

见他突然讲出施柳氏，何常吃一大惊。

"在的，在的。"胡振威连声说道。

何算盘重重咳嗽一声，放缓声音，半是征询："三叔与她……？"刻意顿住话头。

"真是个标致的女人哪，啧啧，"胡公子吧咂几下嘴皮子，连声夸奖,"人长得标致,事也做得标致!"

"她为三叔做下何事了?"何算盘的小眼睛眯起来。

"悉心招待就不说了,听闻本公子在老家受到倭人惊吓,她又赠银五百两,说是给本公子压惊,还说当家的不在,她这儿也是刚被倭人扰过,手头不算宽余,要我万不可嫌弃,你说这……啧啧……"胡公子又是几下吧咂,"当时本公子离家过急,确实盘费不足,她的五百两银子真是帮下大忙哩!"看向何常,"速速请她,本公子要好好谢谢她才是!"

"唉!"何算盘长叹一声,落下泪来。

"怎么了?"胡公子急问。

何算盘遂将施会民因勾结倭人窜犯淳安而被定为御案处斩及施柳氏母女被罚作贱籍一事略述一遍,末了叹道:"唉,知人知面不知心哪,谁能想到施家的大家业全都是通倭赚来的呢!"

"通倭不通倭不关本公子的事,那女人赠给我五百两银子,本公子却是要谢的。麻烦你召她们母女过来!"

"她们成贱籍了,住在乐坊里,三叔若是请她们,别的没啥,只若传扬出去,怕是要辱及三叔家的清誉呢!"

"若此,就叫她们唱支曲儿吧,本公子给些赏钱,既为周济,也作报答!"

"三叔真是菩萨心哪!"何算盘打个长揖,"老侄这就召请。"

何算盘一路小跑,赶到乐器店里,见二楼窗棂里依旧亮着灯,大叫开门。施柳氏听出声音,下楼开门,何算盘将胡公子召请唱曲的事扼要述过。

"你说的可是胡总督的三公子,胡柏奇?"施柳氏眼睛里放出光。

"正是。胡公子定要见你,说是当年得过你的济,这要谢谢你呢。"

"他要听曲儿?"

"正是。你的琴弹得好,可为公子弹一曲,公子一高兴,不定就能除掉你俩的贱籍呢!"

施柳氏不再多话,匆匆上楼,不一时,穿起贱籍特有的青衫,带着施亚丁、海中椒跟何算盘走到栖凤楼。

几人刚到楼下,迎头撞到罗元济,被他拦住。

"罗大人?"何算盘吃一惊,紧忙打揖。

"听闻胡公子在这楼上,可有此事?"罗元济没有回礼,淡淡问道。

"是在楼上。大人要见他?"

"不是我要见他,是海大人要见他。听闻胡公子来了,海大人当即求见,正在驿站里候他呢。"

"罗大人稍候,我去禀报胡公子!"

罗元济没有应他,就势蹲在门外。

何算盘既吃不准海瑞,也摸不透罗元济,尤其是今晚,他更不便多话,朝罗元济揖过,引施柳氏三人匆匆上楼。

进入房门,施柳氏与两个孩子选好场地,跪坐于地,筹备演出。

望着一身贱服的施柳氏与施亚丁，胡公子正自感慨，何算盘走到跟前，悄声："三叔，海大人求见！"

"海大人是谁？"胡公子眉头一扬。

"淳安县知县，刚上任的！"

吴仁、胡振威互望一眼，各吸一口长气。

"让他上来吧！"胡公子扬手，"正好听曲儿！"

"他在驿站呢，说是在驿站恭候公子！"

胡公子不耐烦地摆下手："就说本公子在听曲儿呢，让他明天再来！"

"好咧！"何算盘出门去了。

"请问公子欲听何曲？"施柳氏没睬吴仁与胡振威，话锋直对胡公子，显然与他甚熟了。

"随便弹！"胡公子顺口应道。

"谢公子！"施柳氏叩首谢过，摆好琴，示意海中椒，噌地拨动琴弦。在施柳氏的悲凉琴声与海中椒的击节声中，施亚丁翩翩起舞。

施柳氏边弹边唱："有日月朝暮悬，有鬼神掌着生死权，天地也，只合把清浊分辨，可怎生糊突了盗跖、颜渊？为善的受贫穷更命短，造恶的享富贵又寿延。天地也，做得个怕硬欺软，却原来也这般顺水推船。地也，你不分好歹何为地？天也，你错勘贤愚枉做天！哎，只落得两泪涟涟……"

施柳氏弹得好，唱得更是凄婉，但胡公子置若罔闻，两眼一刻也没有离开施亚丁。

一曲唱完，胡公子鼓几下掌，转对胡振威："记下赏钱，本公子赏银三十两，不，五十两！"

"胡少爷，贱民不要赏钱！"施柳氏叫道。

"不要赏钱，你要什么？"胡公子盯住她。

"我家先夫施会民没有通倭，是被人冤枉的，少爷若能念及我母女可怜，就请施出援手，为我母女申冤！"施柳氏拉起施亚丁，二人叩首。

胡公子抬头，见何算盘不知何时已经回来，便朝他摆手，努下嘴。

何常会意，将施柳氏三人引至隔壁，踅回来，看向胡公子，压低声音："三叔有何吩咐？"

"跳舞的那个小姑娘不错，楚楚可怜哪，你对施柳氏说，本公子带走她了，至于她申冤的事，本公子自有处置！"

"哎哟哟，"何算盘连连拱手，"公子若是带走小姑娘，真正是她的福分呢，老侄报喜去！"刚至门口，又踅回来，"三叔，海大人说，他这辰光就要拜见公子，是……主簿罗大人……就是罗元济，亲自来请的，要公子无论如何，也得赏海大人个面子！"

"嗯，淳安知县，也算是淳安地界的头面人物，好吧，本公子会会他去！"胡公子起身，看向吴仁与胡振威，"二位也去吗？"

"海大人拜见三叔，晚辈在场怕有不便！"胡振威拱手。

胡公子听出话音，心照不宣，朝他笑笑，甩个响指，跟着何算盘下楼，顺手叫上冯楠并喝得醉眼惺忪的仆从，跟罗元济往投驿站去了。

听得二人下楼，吴仁看向胡振威："天哪，海大人要干啥哩？"

"还能干啥？"胡振威从鼻孔里哼出一声，"抱大腿呗！今朝我算是看明白他了！"

"要是没有别的事，我就回去了。"吴仁指指头，"这两天头疼，不晓得出啥幺蛾子了！"

"成。"

何算盘上楼，在二楼遇到吴仁，踅回去送别吴仁，复回三楼，见施柳氏带着两个孩子守在门口，似在候他，紧忙过来，带她们进屋，掩上房门。

"算盘，我们可以回家了吧？"施柳氏劈头问道。

"掌柜家的，"何算盘满脸是笑，依旧称她掌柜家的，"大喜呀，算盘先道贺了！"

"是何大喜？"

"掌柜家的所奏之乐，胡公子听得心酸，小姐所跳之舞、所唱之歌，胡公子看得心疼。胡公子说，他这次先把小姐带走，至于申冤之事，这是大案，他要徐徐图之。掌柜家的，胡公子若是带走小姐，真就是小姐的福分了。首先是贱籍的事，胡公子的身边人不可能有贱籍，是不？胡公子要做的必定是为小姐除掉贱籍。小姐的贱籍除掉了，您的贱籍自然也就除掉了。您与小姐皆脱贱籍，这不是天大的喜事了吗？"

施柳氏盯住他:"是胡公子说的吗?"

"是的,是的,算盘哪敢欺瞒您呢?"

施柳氏看向亚丁。

"阿妈,"亚丁哭起来,"我不跟他去,我……我只留在阿妈身边,哪儿也不去!"

"算盘,你听见了吧,亚丁不想去。孩子还小,侍奉不了胡公子。胡公子若是真有怜人之心,就帮我家申屈鸣冤,我母女感恩戴德,为他立生祠!"

"施柳氏呀,"何算盘真正急了,改过称呼,"这是您鸣冤申屈的唯一机会呀!不瞒您说,胡总督是朝廷一品大员,直隶、浙江两省总督,辖制所有抗倭事宜,权倾朝野呀。这且不说,胡总督刚刚取得抗倭大捷,在舟山毙杀倭寇几千人,连倭寇头子汪直也被打死了……"

"汪直死了?"施柳氏截住他的话。

"死了,死了,是胡公子亲口说的。"何算盘眉飞色舞,"胡总督这么大的功劳,万岁爷还能错待?胡总督有三子,胡公子最小,也是他最欢喜的,过去三年,总督只带胡公子在身边,此番大捷,又使胡公子回乡祭祖。待胡公子祭过祖,回到父督跟前,随便说个求字,胡总督还不写出奏本,为掌柜的求个公道?"

"谢谢美言!"施柳氏拱手,"亚丁还小哩,从未与我分开过,这般大事,容我母女考虑一宵,明朝回复你,可否?"

"成。"

施柳氏别过，带两个孩子下楼去了。

何算盘望着她们的背影，轻叹一声，推开账房的门，见胡振威仍在顾自吃喝。

"还在吃呀！"何算盘笑道。

"方才只顾陪客，没顾上吃，这辰光倒是饿了。"胡振威放下筷子，看向他，"听那娘儿们下楼，是说妥了？"

"唉，头发长见识短哪！"何算盘轻叹一声，"这么好的事，任谁都要叩头谢恩，可偏就她们母女，嘿，还不肯从哩。我好说歹说，那娘儿们总算让出一步，说是回去商量商量，明朝给个回复。"

"商量个狗屁！"胡振威一拍桌子，"一对贱民，死了也是白死，我这就给她来个霸王硬上弓，让那小妮子今宵就陪三叔过夜！十二岁了，能承住！"

"去！"何算盘哂他一句，"你啥辰光能有个长进，也算我没为大妹子看走眼？"

"哥，"胡振威急了，"你说咋整哩？胡公子相中那妮子了，要带走她，若是那娘儿们不肯，你我哪能个收场哩？"

"破财消灾！"

"破啥财？"胡振威打个愣怔。

"没听明白话音吗？"何算盘晃起脑袋，"这个公子不是寻常人，人小鬼大哩，一到这儿就扯到施柳氏接待他并送盘费的事，句句都是在提示我们哪！这不，听闻海大人拜见，他啥事不顾，说走就走了。他晓得海大人为啥要到驿站里拜见他，而不来这儿！"

"你是说，那刺儿头会送他……?"胡振威搓几下手指头。

"送与不送，你我都是不晓得的，他们也不会让我们晓得。海大人会唱戏呀，还有罗元济，嘿，整个就是个敲锣的，合起拍儿来了！"

"这……"胡振威挠会儿头皮，"该送多少？"

"公子不是给出数字了嘛，五百两！"

"这么多呀！"

"五百两个屁！"何算盘敲动桌子，"当年施柳氏送钱，是我从账上支出的，满打满算三百两，他这眨眼间就作五百两了！"

"咋整哩？"胡振威急了，"能凑出来不？"

"哪里凑去？"何算盘哭丧起脸，"你都看到了，生意只赔不赚，前天我去东湖绕一圈儿，看到施家船上的钉子全都锈了，再不下水，怕是要爆哩。账上的钱交给你们衙门了，当初拍卖施家财产时，姓吴的死活不肯多让点儿，害得我等多出逾千两银子，要不是小妹救急，还有李捕头他们凑出份子，这个摊儿就支不起来！"

"这样吧，"胡振威一咬牙关，"按察分司的暗账上还有三百两，刺儿头既然不追了，我就全拿出来，余下二百两，你想办法。无论如何，胡总督这棵大树，咱不能不抱！"

"成。"何算盘一锤定音，"看这样子，胡公子拿不到钱是不肯走的，我让杨家乐坊出个戏文，再弄几个妞儿陪他们玩玩，等钱凑到，欢欢喜喜地送这瘟神！"

二人正在谋议，楼梯上传来一阵脚步声，冯楠喘着粗气推开房门，一手倚在门框上，一手捂住心窝："胡……胡大人，不……不好了……"

"啥事儿？"胡振威看向他。

"胡……胡公子他……他们被……被海……海大人抓……抓走了！"

胡振威、何算盘瞠目结舌。

"抓哪儿去了？"好半晌，胡振威总算反应过来。

"说是关进县牢里，"冯楠这也喘过气了，"公子的随从喝多了，闹事儿，被李捕头他们全都打趴下了，还有，他们的几大箱子行李也让海大人抄……抄走了！"

"李捕头，你他妈的……"胡振威一拳震在几案上。

"哈哈哈哈……"何算盘爆出一声长笑。

"常哥？"胡振威让他笑蒙了。

"晓得了，"何算盘止住笑，看向冯楠，"你这速去，叫你舅父过来！"

冯楠急去。

"哈哈哈哈！"何算盘看向胡振威，乐不可支，"古人说啥子来着，踏破铁鞋无觅处，得来全不费工夫！"

"常哥呀，什么得来全不费工夫，你把我整糊涂了！"

"你我这五百两银子呀，省下了！"何算盘压低声音，"海瑞的好日子，这也算是过到头了。嘿，真他娘的叫绝！"

"可胡公子……"

"好事呀!"何算盘指向县衙方向,"你这就去,向海大人求情,为胡公子担保。海大人必定不肯,你呢,赶到牢里,悉心照料胡公子。啥叫个患难之交?这就是!比送他一千两银子管用,是不?"

胡振威总算明白过来,朝何算盘伸个大拇指,匆匆下楼去了。

"哒哩咯哒哩咯哒哩咯哒……"何算盘不无放松地坐在他的大椅子上,摸出算盘,闭起两眼,哼着小曲儿拨拉起他的算盘珠子来。

第 13 章
智断棘手案

月明星稀。胡振威赶到县衙，见人来人往，平日此时早已进入梦乡的守值人，此刻都在院子里游荡，有的聚在一起，嘀嘀咕咕议论什么。

胡振威顾不上打问，急步跨进内宅，见西华厅里亮着灯，有人说话，紧赶过去，见是海瑞与罗元济。

"海大人，"胡振威急切问，"听说您把胡公子抓进来了？"

"胡典史，你总算来了！"海瑞盯住他，指向斜对面罗元济身边的椅子，"坐吧。"

"抓不得呀，海大人，他是胡总督的公子，是胡宗宪胡大人的三公子呀！"

"坐下说！"海瑞再次指下椅子。

胡振威坐下。

"你是典史，是不？"

"是呀，海大人！"见他这般问出，胡振威蒙了。

"典史的职责是什么？"

"是……"胡振威略一迟疑，脖子一挺，"海大人，您有何话，就直说吧！"

"有人冒充胡公子，招摇诈骗，吊打驿丞，而你身为典史，却将此人邀入栖凤楼，盛情款待，把酒言欢，可有此事？"海瑞的目光逼视过来。

"海大人哪，"胡振威急了，"他不是冒充的呀，他是真的胡公子，他……"

"真的胡公子？"海瑞冷笑一声，"我问你，此前你见过胡公子否？"

"没有。"

"胡公子出示给你他是胡公子的证据了吗？"

"这……"

"荒唐！"海瑞一拍几案，"你身为典史，正的是刑律，治的是秩序，一个纨绔子弟什么证据也没有，你凭什么就相信他是胡公子？如果有人告诉你他是胡宗宪胡大人，你也敢信？"

胡振威心底慌了，鼻头上沁出汗珠。

"振威呀，"海瑞缓和语气，"今朝的事，你要好好反思。身为朝廷命官，不能只想着攀龙附凤，反倒忘了自己的职分！"看向二人，起身，"二位仁兄，辰光不早了，天大的事儿，明朝再说!"

海瑞这是赶客了。

胡振威站起来，跟在罗元济身后悻悻地走了。

二人刚刚转过墙角，一个人影闪进厅中。

"椒儿?"海瑞以为自己看花眼了，紧忙揉揉。

"是我，阿爸!"海中椒走到灯亮处。

"快来，让爸好好看看你!"

海中椒走到海瑞跟前，神态怯怯的。

"椒儿?"海瑞将她揽在怀里，"椒儿……大半夜的，你哪能在这儿呢？你这……几日不见，哪能就与阿爸见外了呢？"

"阿爸，"海中椒平复一下自己，"不是见外，是……是椒儿敬畏……"

"敬畏?"海瑞笑了，轻轻抚摸她的秀发，"哪能一下子就敬畏起阿爸来?"

"阿爸，"海中椒从他怀中脱出，盯住他，"椒儿以为您只是一个阿爸，没想到您是这样一个阿爸!"

"哦?"海瑞眯着笑，"说说，阿爸是怎样一个阿爸?"

"是这城中人人都敬、人人都爱的一个阿爸!"

"是吗?"海瑞笑了。

"真的，"海中椒凑近他的耳朵，"我师父与师妹讲起你来，是发自内心的钦佩呀，还有其他人，他们议论起阿爸来，没有不竖大拇指的!"

"椒儿呀，"海瑞敛起笑，"夜半三更地来爸这儿，净讲好听的哄阿爸,别不是有啥事儿来求爸了吧?"

"是有个大事儿!"海中椒遂将栖凤楼中发生的一切讲给海瑞,末了泪出,"阿爸呀,我师父与我师妹抱在一起哭,我师父倒是有心让我师妹跟那公子走,可我师妹不肯哪,她说离开师父她就不活了!阿爸呀,您得救救我师妹,我师父说,何算盘那人奸得很,是个笑面虎……"

"椒儿,"海瑞扯起她,"太晚了,阿爸送你回去,免得你师父寻不到着急。你告诉师妹,她不必哭,那公子是骗子,已经让爸下到牢里了!"

"他不是骗子呀,阿爸!"海中椒急了,"我师父说认识他哩,与我师妹的阿爸是一个地儿的,三年前他还来过栖凤楼,师父送给他三百两银子呢!"

"所以他才是骗子,你师父上当了!"海瑞笑笑,伸出胳膊让海中椒挽起,走进夜幕里,将她一路送到下官贤巷。

虽然挨了一顿剋,但胡振威并不气恼,反倒压住欢喜赶往牢里,迎头撞到守在牢门外面的李捕头。

"操你妈的,瞧你干的好事体!"胡振威照着李捕头就是几个耳光。

李捕头莫名其妙挨他一顿暴揍,吓傻了:"胡……胡哥?"

"你小子,竟敢瞒我干下这天大的事,还不是找打?"

"冤枉啊,胡哥!"李捕头扑通跪地,号啕大哭,"我不晓得此事哩!当完差回家,我正与哥们喝酒,有人叫我,说是出大事了，我急赶过来，这也是刚到哩！"

"这么说来，是冤枉你了！"胡振威声音夸张，"胡公子关在何处？"

"就……就在这间！"李捕头打开牢门。

"滚一边儿去，给老子守着！"胡振威踹他一脚，大步跨进牢门，如演戏般扑通跪在胡公子面前，泣道："三叔……我的好三叔啊……"

胡公子戴着脚镣，但没上枷，将方才一幕听得真真切切，急道："贤侄，快，放我出去！"

"唉，"胡振威长叹一声，擦去泪，"三叔呀，大明律令，若是放您，小侄就是知法犯法，要罪加一等啊！闻听驿站出事，我紧忙赶回衙门，求见海大人，可海大人他……"

"他怎么说？"

"他硬说三叔是个假冒的，是个骗子。小侄……小侄给他下跪呀，小侄说，三叔是真的，不是假的，小侄愿为三叔担保。海大人要小侄拿出三叔是胡总督三公子的证据，小侄相信三叔，可小侄实在拿不出证据啊，小侄……我的好三叔啊，海大人见小侄拿不出，反将小侄臭骂一顿，说小侄招待三叔是知法犯法，说是明朝升堂，就要治小侄的枉法之罪！三叔哇，小侄我……呜呜呜……"胡振威连哭带诉，将悲情演了个真真切切。

"姓海的，"胡公子咬牙切齿，"待我出去，看不整死你！"

"三叔，您说吧，叫小侄哪能个办哩？"

"拿纸笔来！"胡公子从牙缝里挤出。

"拿纸笔来！"胡振威朝门外的李捕头吼叫。

李捕头送来纸笔。

胡公子写出一信，咬破手指，按上血印，递给胡振威："你这就使人将此信送往余姚，亲手交给父督，本公子住在此地，还不走了呢！"

"小侄受命！"胡振威接过信笺，叫李捕头拿信封封了，朝胡公子伏地一拜，"三叔权且在此受些皮肉之苦，小侄立即使人送信，六百里加急！"

"有劳贤侄了！"胡公子将他扶起。

"李捕头，"胡振威瞧一眼他的脚镣，转对李捕头，"胡公子是老子三叔，你该叫公子为三爷，还不快把三爷的脚镣打开？"

"三爷，孙子有眼不识泰山，冒犯您老了！"李捕头磕过头，打开胡公子的脚镣。

"滚你妈的蛋去！"胡振威朝他的屁股上狠踹一脚，"给老子记住，三爷若是在这牢里有半点儿闪失，一丝丝儿屈待，看老子打断你的狗腿，喂给狗吃！"

李捕头连滚带爬地溜出牢门。

"三叔先在此地委屈一宵，小侄这就使人送信，还三叔公道！"胡振威大步离开，出门之后又将李捕头叫到一侧，小声嘀咕几句，大步去了。李捕头派个牢子过来，将胡公子的牢门重又锁上。

胡振威回到栖凤楼，见吴仁已经在了。胡振威将方才的情势略述一遍，吴仁摇头叹道："海大人这次玩儿大了！"

胡振威拿出胡公子的求救信，摆在桌面上："这是胡公子写的，指印是胡公子咬破手指拿他的血印上的。公子要在下将此信立刻呈送胡总督，哪能个送法……"看向何算盘。

何算盘没有看信，看向吴仁："吴大人，您说！"

"唉，"吴仁长叹一声，"送不得哩。这样吧，这辰光晚了，明儿一早，你我先见元济，拉他一起求见海大人，晓以事理，求他放人，给胡公子道个歉，赔个礼，化大事为小事，否则，这般送信，是要人掉脑袋的！"

"吴兄，你也太便宜那个刺儿头了！"胡振威恨道。

"你呀，振威老弟，"吴仁回他一个苦笑，"别的不说，单是海大人今朝这般正气，吴某就甘拜下风！你这说说，连胡总督的公子都敢下入大牢，天底下还有哪个官员做得出？"

胡振威又要张口，何算盘摆手止住："甭讲了，听吴大人的！"

这一夜，海瑞没有合眼，一直闷闷地坐在他的西华厅里，灯油枯了也没添加。

鸡叫头遍，海瑞爬上后山，登高望远，直到日头喷薄而出，方才长舒一气，寻路下山，途中跳下水渠，掬几捧从西湖东流而来的北山泉水，一一扑在脸上，继而漱口冲牙，仰脖咕噜噜响过几声，咕嘟咽下，连饮数口，神清气爽地回到西华厅，远远望到罗元济蹲在门口。

海瑞急步过来，还没说话，看到吴仁、胡振威已在厅中，这辰光迎出来。

海瑞晓得他们为何而来，拱手道："三位早，海瑞慢待了！"

"海大人，"吴仁走前一步，深揖，"是下官有扰了！"

海瑞指向厅中，率先走进。三人跟后，各寻座位坐了。

"海大人，"吴仁再次拱手，"我三人此来，是为胡公子的事。昨晚在栖凤楼，下官见过胡公子了，与他交谈多时，确定他是真的胡公子。惊闻海大人昨晚将他下到狱里，这事儿可就大了。海大人，您初来乍到，对江南尚不熟悉。天下唯富江南，江南唯富直、浙、皖，胡总督不仅是直、浙二省总督，更是天下富甲之地徽州人，权倾朝野就不说了。胡总督共有三子，此子名柏奇，为胡总督的三公子，三年前曾经来过淳安，是真公子无疑。海大人哪，其他事小，官场上的事，下官不说大人也是懂的，这事儿大到天上去了，小官也是为大人的前途乃至身家性命着想，还望大人三思！"

"谢吴兄好意！"海瑞回个揖，盯住他，"吴兄可都讲完了？"

"唉，"吴仁听出语气，轻叹一声，"下官讲完了。"

"依仁兄之意，海瑞该当如何处置？"

"我等陪大人先到牢里，一是放人；二是向胡公子说明误会，道个歉；三是款待公子，礼送出境；四是写信给胡总督，讲明误会因由。海大人初来乍到，尚不熟悉县情，想必胡总督不会怪罪的！"吴仁一连说出解决方案。

"吴兄之意，二位以为如何？"海瑞看向胡振威与罗元济。

"海大人哪，该说的下官昨晚已经说了，吴兄之意也是下官之意，望大人三思！"

"元济兄也是这般想吗？"海瑞看向罗元济。

"下官是大人襄助，不敢有想，唯大人之命是从！"罗元济拱手。

"三位仁兄先喝口热水，待海瑞给胡总督写封书信，升堂提请胡公子出狱！"海瑞说完就去倒水，却见壶中空空如也。

罗元济笑了，跑回他的主簿房提来一壶热水，动手斟上。

海瑞伏案，奋笔疾书。

三人的热水尚未喝完，海瑞的书信已经拟好，装入信函，拿蜡封过，加上玺印，朝三人拱手："信写好了，诸位可随本县升堂！"

四人赶到大堂，海瑞传令鸣鼓升堂。李捕头也早候着，衙役列堂，堂外两侧持枪竖着的全是捕房的人。

海瑞一震惊堂木："李捕头！"

"下官在！"李捕头应声而出。

海瑞拿出令牌："提嫌犯胡公子本堂听审！"

吴仁听得真切，心底一凛，看向胡振威。

胡振威看向李捕头。

李捕头迟疑一下，正要出去，胡振威咳出一声。

李捕头驻足，看向他。

"李捕头，还不速去！"海瑞拿起惊堂木，又是一震。

李捕头看一眼胡振威，见他没再吱声，疾步走出，带上门外二十名捕卒，前往牢中，不一时，押着胡柏奇并一众仆从络绎而来。

"带嫌犯上堂！"海瑞朗声喝道。

两名捕卒押胡公子走进大堂。

胡公子昂首而立，怒视海瑞。

"嫌犯为何不跪？"海瑞厉声喝道。

"我胡柏奇从来不向狗官下跪！"胡公子尖起嗓子，几乎是吼。

"大胆狂徒！"海瑞一震惊堂木，"大明天下，朗朗乾坤，你个违法之徒竟敢咆哮公堂，辱骂朝廷命官，猖狂至此，李捕头，行杖三十！"啪地抛下一支令牌。

李捕头欲接令牌，却又不敢，眼角瞄向胡振威。

"海大人！"胡振威急急拱手。

海瑞没有睬他，哼出一声，逼视李捕头："李捕头，你要抗命吗？"

"小……小人不敢！"李捕头从地上捡起令牌，转向衙役，"行刑！"

两个衙役不由分说，将胡公子按倒在地，扒开衣裤就要行杖，吴仁急叫："且慢！"转对海瑞，"海大人，下官求请寄下胡公子三十大杖，待审过所犯罪行，一并发落！"

"县丞求请，本堂暂且寄下三十杖刑。嫌犯跪堂听审！"

两个衙役将胡公子按跪于地。

"嫌犯可知罪否？"海瑞问道。

"本公子何罪？"胡公子抬头看向海瑞。

"你于昨晚大闹本县治内青溪驿站，要求入住，驿吏依法收取费用，你不仅不付，反而唆使仆役无端吊打驿吏、驿丞，还不是犯罪？"

"本公子入住驿站，从未付过驿费！"胡公子应道。

"记下！"海瑞看向一侧的刑房书吏。

书吏记下。

"你一口一个本公子，报上姓名、册籍！"

"本公子行不更名，坐不改姓，姓胡名柏奇，徽州府绩溪人，家父为兵部左侍郎兼都察院左佥都御史、加直浙总督胡宗宪大人，总督浙江、南直隶、福建三省兵务！"

"册籍何在？"

"本公子已经告诉你了，本公子出行，从来不带册籍，也没有人敢要册籍。"

"记下！"海瑞看向书吏，再问，"你入住驿站，可出示相关府衙发放的勘合？"

"何为勘合？"胡公子冷笑一声。

"就是符验。所有驿站往来接应皆要验看之物！"

"本公子从来不带！"

"记下！"海瑞看向刑房经承，"带证物入堂！"

刑部经承叫道："证物呈堂！"

六名皂役抬着三只精美的大礼箱走进大堂，置于堂中。三只礼箱上尽皆贴着县衙的封条。

"拆封!"海瑞喝道。

刑部经承拆封。三只大箱,第一只装着胡公子的华贵衣服,另外两只或为银子,或为奇珍异宝,关键是,还有一张上礼的清单,上面列着沿途府衙相关大人赠送的礼物名称与数量。

望着白花花的银子与琳琅满目的各色珠宝,即使吴仁与胡振威,两眼也是直了。

见海瑞一直在审视礼单,胡公子的鼻孔里轻轻哼出一声,声音很轻,但底气十足:"海知县,这下该信了吧?"

海瑞的呼吸急促起来。

海瑞拿清单的手颤抖起来。

海瑞的眼里冒出火。

是的,海瑞原以为只是惩戒一个飞扬跋扈的公子哥儿,这下是真的闹大了。此单若是闹到上面,凡在单上的所有官员,结局可想而知。关键是,上面还列着严州府台文昌明的大名。

如何处置呢?海瑞看向罗元济。

罗元济的眼睛闭上了。

"审讯完毕,画押吧!"海瑞看向书吏,语气缓和。

书吏拿起供词,走到胡公子跟前。

胡公子冷笑一声,持笔画押,还大咧咧地按下指印。

"押案犯回牢!"海瑞震起惊堂木,看向李捕头。

嫌犯眨眼变作案犯,不是释放,而是押回牢中,吴仁几人面面相觑,胡公子更是呆了。

李捕头传令："押案犯回牢！"

几个捕卒进来，将胡公子架起来，押回县牢。

海瑞支走众人，看向吴仁三个："三位仁兄，本堂审完了，供词、证物皆在，你们也都看到了，哪能个判决，大家议议！"

棋已走死，三人谁都没有说话，即使吴仁，也不晓得该怎么办了。

"你们既不出声，本县就判决了！"海瑞盯住三人。

"请大人判决！"罗元济拱手。

"胡大人是国之栋梁，抗倭主帅，就瑞所知，无论是治军还是治身，都是极严格的，本县这儿就有胡大人签发的多道公文，无一不是要求我等严守律法。如此严父，不可能教出此等顽劣之子。今有此人冒充胡大人之子，一路招摇撞骗，坑蒙拐骗，实属十恶不赦之徒。有鉴于事涉胡大人，在下之意是，将此案直接移交胡大人，由胡大人依法判决！至于赃银，本县依法没收，纳入县库！"海瑞判完，转向吴仁与罗元济，"吴仁兄，元济兄，你二人立即清点证物，凡为赃银，尽皆入库。至于其他证物并相关案宗，"海瑞转向胡振威，"本县有劳典史了！"朝他拱手，"振威兄，本县命你依大明律令办好案犯押解手续，即刻前往县牢，取出一应案犯，押送余姚总督大营，交由胡总督依法处置！"从袖囊中摸出在西华厅中写的信，拆开，将刚刚查到的礼单复塞进去，重新封好，加上官印，"此函劳烦典史亲手呈交胡总督！"

"下官受命！"胡振威得到的不想竟是这么好个使命，顿时精神抖擞,声音清朗,拱手谢过,转身大踏步离去。

如此棘手之事,海瑞竟于眨眼间有此处置,纵使吴仁也是叹服,朝海瑞拱个手,即刻召来吏房经承并两个书吏,与罗元济一一点数,赃银总数刚好三千二百两。

看到数字,海瑞笑了,将浙江巡抚府昨晚下发的抗倭军饷临时加征公函推给吴仁与罗元济:"我正发愁哪能个筹集这三千两呢,没想到有人替咱筹措好了。二位仁兄,你们即刻点出三千两解送杭州,余下银两交给典史,用作押送案犯的盘费,返回之后核账。剩余珠宝就作为赃物,合并案犯供词呈胡总督作审案依据!"

吴仁却是笑不出来。处理完衙中的事,吴仁直入栖凤楼,见胡振威也在。

"我正寻你呢。"吴仁将手中提着的一个钱袋子递给胡振威,"这是胡公子随行箱子中余下的二百两银子,海大人让我交给你,用作押送胡公子的途中盘费,交差之后核账。"

"余下的?"胡振威盯住他,"没有余下的呢?"

"充作县库了,是三千两。"

"乖乖!"何算盘小眼大睁,"我们的小三叔挺能整的,由余姚过来,这才几个府县呀!"猛地想到什么,盯住吴仁,"咦,玉器珠宝他既交付胡大人作为呈堂证据,赃银为何不交?"

"昨晚海大人收到抚台急函,要淳安县拿出三千两抗倭税银,海大人正好挪用了。三千两已由元济安排,明日起解杭州府。"

"他奶奶的!"胡振威一拳震几。

"乖乖,乖乖,"何算盘一脸钦敬,迭声赞道,"人道我何某的算盘打得精,海大人的算盘打得是精上加精啊!"

"哪能个精法?"胡振威急问。

"不瞒你俩,"何算盘看向二人,"自他把胡公子押入大牢,我就在盘算他怎么个收场,可盘算来盘算去,真还没能盘出个收法。嘿,才过一夜,这场子他不但收了,且还收个利索,连一丝丝儿的蹄印儿都不给我等留下,真真一个人精啊!"

胡振威挠起额角:"哪能个利索的,常哥得讲明白些!"

"打总儿是四个利索!"何算盘摸过算盘,信手噼里啪啦地拨着,"这一,他得了理。无论如何,胡公子他们在驿站里要横撒野,吊打驿丞,讲到哪儿也不招人待见。这二,他坐了实。胡公子的两箱礼物,关键是公子还详细记下礼单,这是百口莫辩的。这三,他让了步。本以为海大人会将此事闹腾起来,坐实案宗,呈交臬台、抚台那儿,可没想到他又将球踢回胡总督。这四,他脱了困。胡总督大胜倭寇,急需银两抚恤殉国烈士,于是向各县府摊派。海大人正愁没钱支应,胡公子送钱来了。海大人将胡公子费尽辛苦筹来的钱,倒手送还他爹,这要多精的算计呀!更精的是,胡公子的所有财物,他一丝儿没动,全部返还胡总督,甚至连余下的二百两银子,也都用在胡公子身上,胡总督纵使火冒三丈,怕也发不出来。"看向胡振威,得意地敲着桌子,"你等着看好了,胡公子回到余姚,非但报不了仇，只怕还要挨顿猛揍呢！"

胡振威急了："常哥，照你这说，我岂不……"

"哈哈哈哈，"何算盘长笑几声，"妹夫只管送去。记住，一路上你要悉心照顾公子，三叔多喊几声。这是你攀龙附凤的良机，千载难逢哩！"

"明白了，常哥。"胡振威握拳。

"晓得如何悉心照顾吗？"何算盘盯住他，"还有，怎么走？"

"给三叔吃香的，喝辣的，再寻两个妹子悉心照料，为三叔压惊。至于怎么走嘛，胡公子不是有车马吗？"

"唉，你这颗脑袋瓜子呀……"何算盘打住话头，左右摇头。

"常哥？"

"你还要一路招摇呀！这般去见胡总督，不打你三十马鞭就算我没见识！"

"你说咋办？"

"立马去东湖上，从施家的大船里选出一艘雅致的，带足吃用，悄无声息地经由水路送胡公子至余姚。还有，去狱中解押胡公子时，要戴枷上铐，让所有人都看到。一驶离贺城，你就松开胡公子诸人。至余姚后，要想让胡公子不挨他爹的马鞭，进大帐前，你要将胡公子，包括你，双双绑上，袒胸露背，背上多插几根荆条，最好是膝行入帐。胡总督若有审问，你就将罪责尽皆揽下，就说淳安的事，都是你的错，与公子无关，再将海大人治理淳安的故事讲出个一二三。你要痛哭流涕,将戏做足,明白不?"何算盘如数家珍般道出押送秘诀。

"常哥呀,你让我顶礼膜拜哩!"胡振威乐不合口,拔腿就走,"选船去!"

"记住,"何算盘送出一句,"核账时莫忘交足船钱!"

"呵呵呵,真有你的!"听着胡振威下楼的脚步声,吴仁笑了。

"吴大人哪,"何算盘转向吴仁,"他这摊子了了,我俩该议议城防工程的事儿。你我都不能辜负海大人,是不?人手我全找好了,就等大人一句话!"

"不用议了,你折腾就是!"吴仁笑了,起身欲走。

"吴兄稍候,我吩咐几道菜去,咱老哥俩得好好喝几盅,一是庆贺海大人脱困,二是为胡公子饯行,这三嘛,预祝吴大人的城防工程早日落成,名垂千秋!"

第 14 章
铁心动铁案

西华厅里,海瑞正在批阅公文,罗元济、林兆南匆匆进来。

海瑞起身,拱手:"兆南兄呀,久没见你了,说是这阵子你把老腿都跑短了,我这验验!"

"不服老不成了。"林兆南乐了,"前几年,想到哪儿抬脚就走,这辰光不成,上山还行,下山着实吃不消,两个腿肚子轮换抽筋呢。走到金紫峰,若不是跟着两个带棒子的年轻人,这身老肉就让一窝山猪拱吃了!"

"嘿!"海瑞也笑了,"我还寻思着,待你早晚回来,就去讨口野味儿尝尝呢。"让过座,倒杯热水端上,"兆南兄,来,喝杯热水压压惊!"转向罗元济,"元济兄,摆弄齐整了吧?"

"是哩。"罗元济笑笑,"三千两征倭税银已经解走,振威也把胡公子押走了，戴着枷哩，说是走水路。"

"我听说这事儿了，"林兆南敛起笑，看向海瑞，一脸忧心，"海大人哪，您捅的不只是个马蜂窝，而是一个老虎窝呀，昨儿个我小半夜都没睡着哩！"

"为何睡不着？"海瑞看向他。

"为海大人！"林兆南喝口水，"元济兄不是外人，我就放开说了，官场上并不都是如海大人这般，心眼子细着呢。就下官所知，胡大人是严阁老的人，严阁老是万岁爷的定心丸。万岁爷要抗倭，胡大人肩扛大任，这又打胜了，把倭寇主力剿灭了。"

"可喜可贺呢，兆南兄何以睡不着？"

"海大人有所不知，"林兆南压低声音，"有其父方有其子，听闻胡总督不只会打仗，更擅长敛财，所到之处，是刮地三尺啊。但凡逢年过节，或有红白二事，对送礼者是迎来送往，对不送礼者，那是要上黑名单哪！胡公子此来，大人反其道而行之，不但不送礼，还把胡公子收上来的礼没收了，更把胡公子下到牢里，这……"

"哈哈哈哈……"海瑞爆出一声长笑。

"海大人？"林兆南让他笑蒙了。

"兆南兄，你这番来，可有让在下帮忙的？"海瑞敛起笑，一本正经。

"有有有，"林兆南迭声说着，从袋中取出一沓子文书，"这是下官近日巡访的乡学概况并兴学拟案，一总儿都在上面，请海大人审批！"

"成，我今晚就看！"

"还有宗急的，就是费用，我账上短缺三百二十二两，立等支取。"林兆南又拿出一份公文，"这是细则，请海大人审批！"

"钱的事，你找元济就成！"海瑞笑了，"我俩约定了，我弄钱，他花！弄不到，他罚我；花不出，我罚他！"

"嘿，"林兆南也笑起来，"还有这档子事儿？哪能个罚哩？"

"这个保密！"海瑞转向元济，"元济兄，我与你议个大事！"

"海大人，"林兆南听得分明，紧忙站起，"你俩细议，下官有些急务，得去文庙一趟。"

"是施家的案子。"海瑞送别林兆南，返回厅中，盯住罗元济，"这是在下赴任后接手的第一宗冤案，我琢磨过了，也是最难审的一宗。这下得空了，我想开审，给上讼人一个说法。怎么个开场，元济兄可有建议？"

"海兄真要想听，在下只有一个劝告，"罗元济淡淡一笑，"施家的案子，不要再折腾了！"

"为什么？"

"是桩铁案呀，翻不动了！"

"铁在何处？"

"不瞒大人，"罗元济长叹一声，"在下是歙县人，与施会民同乡，施会民出事后，在下关心过此案，是以晓得翻不动的。"

"元济兄，我问的是，铁在何处？"海瑞盯住他。

"铁在四处，"罗元济略略一顿，缓缓言道，"一是施会民始终解释不清从他家里搜出来的伪倭巨头汪直的来信。汪直也是歙县人，且与施会民是同乡，二人有往来是正常的。施氏生意做大，就大理上讲，亦当与汪直相关。二是施家生意往来的账册中确有倭人客户。三是倭寇窜犯淳安，杀二十余人，辱奸妇女数十，且在栖凤楼中连住三日，其间施柳氏左右照应。四是倭寇抢劫不少店铺，但未抢劫施家！别的不说，就上述四点，任谁也解说不清，这也是施会民最后被杀的因由！"

"既然如此，施柳氏又何以鸣冤？"

"唉，"罗元济又是一叹，"好端端的一个家，突然间大难临头，任谁也是想不通啊！"

"元济兄，你看这样如何，我们明日升堂，正式提审施柳氏！"

"成。"罗元济起身。

"元济兄，"海瑞跟后一句，"此番审讯，知道的人越少越好！"

"大人之意是——"罗元济看向他。

"就你、我，外加一个刑房书吏，你看何人可靠？"

"钱春来。前番大人审讯积案，刑房只他一人守值，是个实在人。"

"就他了。你交代一声，让他下传票，明日升堂，闭门审讯！"

翌日上午，海瑞没有升堂，而是在东华厅里摆下阵仗，使两名衙役守住内宅的宅门，他与罗元济分主次坐定，吩咐钱春来带施柳氏入内。

东华厅与西华厅相对，皆为内宅两侧的厢房。东华厅的外面就是县衙里的后花园，后花园再外就是围墙。海瑞将西华厅用作书房，东华厅就用作他处理县务的民事厅，专门接待各乡都的上访人员。

施柳氏一进厅门就扑通跪下，叩首于地。

"施柳氏，请坐！"海瑞语气轻松，指向她前面早已摆好的带着扶手的椅子。

施柳氏怔了，不可置信地看向海瑞："我是贱民，是罪人，能坐？"

"在今天，你只是上诉人，不是罪人，也不是贱民。坐吧。"海瑞说完，看向钱春来，"春来，你记录，淳安县籍民女施柳氏申诉蒙冤一案，正式开审。参加人员：主审人，淳安县知县海瑞；陪审人，淳安县主簿罗元济；书吏，淳安县刑房钱春来；受审人，上诉当事人施柳氏；审讯地点，淳安县衙内宅东华厅。"

钱春来一一记下。

钱春来明白，海瑞说出这些不是给他听的，而是给施柳氏听的，因为海瑞说出的每一个字，本就是身为听审书吏所必须记下的东西。

"施柳氏，"海瑞盯住施柳氏，"从现在起，你说的每一个字都将成为呈堂证供，对本堂问话，你必须如实回复。"

"民女明白。"

"你的讼状本堂悉知，本堂有如下疑问，你必须回答。第一个，伪倭巨头汪直你可认识?"

"不认识。"

"你先夫施会民可曾认识汪直?"

"不认识。"

"汪直是徽州歙县人，你先夫也是徽州歙县人，且二人同业营商，二人相识并相互照应当是常情，你对此可有解释?"

"就民女所知，徽州歙县在外营商者不下三千人，如先夫施会民这般开铺设行者不下一千人，规模达到我家者，不下三百人，这三百人中各有所营，各有所好，分散奔走并置业于各省各地，并不是都能彼此相识的，望大人明鉴!"

"既然你与你先夫都不认识汪直，查抄你家时却又搜出汪直亲笔书信，你可有解释?"

"这正是民女蒙冤之处。先夫常年在外，所有信函都由民女代收代管，民女向上天起誓，从未收到过汪直的信件，望大人明鉴!"

"在你家往来账册中查出有倭人姓名，对此你有何解释?"

"会民主要经营丝绸、茶叶，也有部分陶瓷，客户繁杂，很难说是哪儿的人。至于姓名，也是杂乱。大人哪，世之常理，农人种植，但有收成即可，不问何人吃用。商人营销，但有利润即可，不问何人购买。如果我家账簿上有倭人姓名是犯罪，那么，为倭寇生产这些产品的人，是不是也算罪犯？我家营商皆以获利上税官府，官府收下我家赚取倭人的利钱，是否也是犯罪？民女此言若有逆犯之处，还望大人宽恕！"

海瑞看向钱春来，见他记完了，抬头望过来，转向施柳氏："本堂还有关键一问，三年前，有倭寇窜犯淳安，杀人二十余，辱奸妇女数十，且在你家的栖凤楼中连住三日，而你并未逃离，对此过程，你可否记得？"

"回禀大人，"施柳氏闭目，泪水出来，"民女刻骨铭心！"

"请如实陈述！"

"民女不是未逃离，是逃离了又返回来。"

"为何返回？"

"倭人占了我家的楼，抓到我楼里的人，问出我的下落，将留在楼中的所有人扣住，使人叫我回来！大人哪，二十多条人命，我怎么能不回来呢？"

"倭寇为何要问出你的下落？"

"他们相中我家的栖凤楼，要在楼中过夜，只有我回来，才能有人侍奉他们！"

"能否说说你是怎么侍奉倭人的？"

"陪吃，陪喝，陪笑，陪睡！"

海瑞长吸一口气，良久，睁眼看向施柳氏："你愿意了？"

"我不愿意。"施柳氏两眼闭合，似在讲述遥远的往事，

"要我陪侍的是倭寇头子,他一眼就相中我了,说我长得像他在倭国所爱的女人,一定要我服侍他。我拿刀子横在脖子上,他说,你若不从,我就将这栋楼烧掉,将楼里的所有人烧死。见我仍不肯从,他又说,我将你们这座城毁掉,将所有男人杀死,将所有女人奸掉,将所有孩子扔进江水里。"

海瑞震惊了,情不自禁地看向罗元济。

"大人哪,您说,我能不从吗?"施柳氏两手捂脸,哭了,"我晓得那倭人想让我心甘情愿地侍奉他,所以就与他讲条件。"

"你都讲的什么条件?"

"我只讲了一个条件,他们不得再骚扰贺城百姓,否则,我宁死不从!"

"他答应了?"

"答应了。"施柳氏淡淡应道,"时间并不久远,大人可以查访,倭人入淳安,烧杀抢劫、奸淫妇女全都是第一天的事。此后两日,直到离开淳安,倭寇没再杀过一人,也没再奸过一女。"

"记下,"海瑞感动了,看向钱春来,"一字不落,全部记下!"

钱春来已经记完了,搁笔望着他,"嗯嗯"点头。

"我的话问完了,"海瑞看向罗元济,"罗大人,你可有问?"

"施柳氏,"罗元济问道,"你今日所言,此前可都有供?"

"有供。"

"何人主审？"

"吴大人、胡典史。"

"你都画过押了？"

"画过。"

罗元济看向海瑞，海瑞朝他拱下手，转对钱春来："记下！"

钱春来记下。

"施柳氏，"海瑞看向施柳氏，"我们问完了，你还有什么要说的吗？"

"民女生无可恋，唯有一求，求请二位大人为我们申冤鸣屈，告慰先夫亡灵！"

"画押！"

钱春来拿起供词，对施柳氏复读一遍，让她画押。施柳氏画过押，海瑞亲手倒一杯清水，双手递给她。

施柳氏起身，朝海瑞深深一揖，接过清水，一饮而尽。

"送客！"海瑞转对钱春来。

钱春来伸手礼让，施柳氏朝罗元济又是一揖，转身离开。

待二人走远，罗元济盯住施柳氏的供词，良久，看向海瑞："海大人，此案的关键是汪直写给施会民的书信。就施柳氏所供，那信可能是伪造。若系伪造，事儿就大了，此案或可推翻。"

"我也这么想。"

"不过，要想证明此信是否伪造，首先就要拿到此信，再以此信找到伪倭头子汪直，而这是不可能的事！"

"我想定了，这就去杭州求告臬台大人，复审原始案宗，拿到汪直的书信！"

"这是钦案，定案，是经由臬台大人审讯的，臬台大人不会让你复审！"

"哪能办哩？"海瑞头大了。

"有一人或可通融，"罗元济接道，"去年施柳氏就托他前往臬台府说情，臬台答应帮忙，后来说是钦案，爱莫能助了。"

"何人？"

"何常。原为施家账房，施家出事后，施家财产大多由他接手，因为没有谁比他更清楚施家的生意！"罗元济略略一顿，"还有，这里面有层关系，何常有两个妹妹，大妹嫁给胡振威，小妹是臬台赵大人的偏室，说是这辰光怀胎了，一旦生出来，就是赵门的功勋！"

"甚好。我去找他还是你去请他？"

"海大人请见，下官召他就是！"

"好，就到西华厅吧。"

半个时辰后，罗元济引何算盘走进西华厅。

自海瑞赴任后，何算盘这是第一次直面海瑞，一进门就扑地跪下，声音清朗："淳安小民何常拜见海大人！"

"呵呵呵，"海瑞扶起他，笑道，"何先生，你这一跪，海瑞受不起哩！"

"咦，大人是县太爷，何常是您治下小民，您哪能受不起呢？"何算盘反问。

"听闻何先生的妹丈是臬台大人,作为舅子,臬台大人见你还得叫哥呢,我这小小知县哪能受得起臬台舅子的大礼?"海瑞指向客位,"请!"

"哎哟喂,"何算盘慨叹道,"海大人哪,您这是高抬小民了。不瞒海大人,小妹嫁给臬台不假,却也只是个偏室,小人早晚见到臬台大人,腿肚子都是打摆的,膝盖骨也总是软不溜秋的,老想着给他下一跪,您说这⋯⋯"

"呵呵呵,"海瑞笑了,"何先生这叫软骨病。"

"哎哟喂,"何算盘连连拱手,"海大人果然是海大人,小人这病正愁没个说辞,您这一见就点到了!"

海瑞斟好两杯清水,给二人一人一杯:"我这儿没有别的,只有清水一杯,慢待先生了!"

"哎哟喂,"何算盘连啜几口,啧啧品道,"听闻海大人这儿,人清、气清、房清、门清,小民今朝再加一清,水清。不仅是清,还有股香味儿呢!"

"何先生,你的好词儿真是不少!"海瑞在主位坐下,"我这人话直,咱就直说。海瑞赴任淳安,屁股还没坐到椅子上,有人就来击鼓鸣冤,海瑞也不得不接下讼状。不承想此案是个已经具结的铁案,连案宗也不在淳安,说是在臬台府中。海瑞要审此案,就不得不查阅案宗,可能否如愿查阅已具结之案,海瑞心中无底,正自无奈,"指向罗元济,"听主簿说,何先生与臬台大人攀着亲呢。海瑞这请先生来,一是求请先生助力,二是此案也确实涉及先生了!"

"海大人哪，"何算盘悲从心中来，啜泣起来，"施掌柜是冤枉的呀，小民我……我做梦也想为掌柜翻掉此案，我……试过多次啊，我……"

"咦，何先生，你且说说，施掌柜被冤枉，你是哪能个晓得的？"海瑞盯住他。

"我是他家的账房呀，哪能个不晓得呢？"

"你且说说，施掌柜是哪能个被冤的？"

"具体哪能个被冤，小民哪能讲得清哩？可小民晓得，施掌柜是个好人，是个本分的生意人，施柳氏更是个好人，他们一家都是本分人，没有做过伤天害理的事，这却……"何算盘又抹泪了。

"公堂之上，一切要以证据说话！"海瑞接道，"何先生能够提供施掌柜蒙冤的证据吗？"

"回大人的话，小民所能呈供的已经呈供了，皆在案宗里，大人查阅就是！"

"海瑞请先生此来，正为去臬台府查阅案宗一事。"

"小民这替先掌柜、施柳氏并施小姐谢大人了！"何常离位，重新跪下，叩个响头，复坐起来，拱手，"小民愿与大人前往杭州，为大人引见臬台大人，向他当面求请，让他准允大人查阅施案所有案宗！"

"谢先生了！"海瑞拱手回礼，"查阅案宗是公事，公事就要公办，海瑞是以不能劳烦先生，但请先生写书一封，有个引见即可！"

"好好好，小民这就写信，请大人借纸墨一用！"

海瑞取来纸墨，何算盘走到桌前，写就一书，签字画押，交给海瑞。海瑞谢过，何算盘起身告辞。

何算盘走出内宅，转出仪门，略一思忖，没有出衙，东拐入布政分司公署，将海瑞召见他的事大体说给吴仁。

"你真要帮他？"吴仁眯起眼睛，边泡茶边问。

"帮呀，"何算盘用指节击打桌面，竟然击出他拨拉算盘的节奏，"我若不帮，他连臬台大人的门都进不去！"

"你为何要帮？"吴仁盯住他。

"我不但要帮，还要帮他到底呢。在下想定了，这就回家给小妹写信，让她全力协助海大人复审施案。"

"我是说，你为何要帮他？"吴仁急了。

"为吴仁兄你呀！"

"这……"吴仁怔了。

"吴仁兄，"何算盘凑近他，压低声音，"弄走姓海的外加扶兄入大位在此一举！"

"哦？"

"唉，"何算盘轻叹一声，"原以为能在胡公子的事上拿捏他一把，不想竟是帮他渡个难关，一时三刻就指望不上胡总督了，能走近道的只能是这桩铁案！"

"这条近道你哪能个走呢？"

"吴兄这也看到了，在淳安，他闹得风生水起，你我拿他不住了。但在淳安之外，他依旧是个门外汉。昨儿个我还担心他放下此案了,今朝倒好,他非但没放下,反倒求我疏通赵大人,你说,这不叫天意,叫啥?"

"万一他翻盘了呢?"吴仁看向他。

"翻盘?"何算盘冷笑一声,压低声,"他能让死人开口说话吗?"

"纵使他翻不了盘,你我又能拿他如何?"

"呵呵呵,"何算盘笑了,身子后仰,跷起二郎腿,"依海大人脾气,翻不了盘他是不肯罢休的。我让臬台大人再烧把火,他不定就会闹到京城去!通倭的案子,是钦案,施会民又是三堂会审判死的。这案子就如一条蛇,只要他让缠上,越闹腾,就会缠得越紧。那辰光,吴兄这儿再拱一把火,纵使他再精,怕也脱不得身了!"

"在下怎么拱?"

"还记得那把琴吗?"何算盘坐直身子,神色飞扬,"林兆南说上面有苏东坡的题字,少说值一百两银子,权且作一百两吧,而他只出银一两八钱就买下了。就算计作二两,他的这桩买卖里外就有九十八两的差价。这琴是经由施柳氏之手卖给他的,施柳氏又是在卖琴次日向他击鼓鸣冤,这里面免不了有变相行贿、受贿之嫌。还有,他这出远门了,你我也都不会闲着,是不?你我总能折腾出些新鲜事儿来,是不?待他在杭州焦头烂额时,你与振威分头参劾他一本,将他在淳安的屁事儿抖落抖落,我这儿也找几个打输官司的冤家,坐实他枉法判案的事儿,形成民意。谅他一个小小七品官儿,在吏部里就是个屁,没有谁会闹心维护他。再说，你我合力，将他弄出淳安也就是了，大可不必让他死，是不？上有老下有小的，连过年也舍不得吃顿肉，海大人的日子过得着实不容易呀。"

听着他的算盘珠子拨来拨去，末了却又拨到这般柔处，吴仁苦笑一下，端起茶杯，自顾自喝起。

海瑞是个说干就干的角儿，当日后响将政事托给吴仁与罗元济，于次日凌晨赶往驿站。送他到驿站的是罗元济。

海瑞选匹快马，上马作别。

罗元济摸出一信，朝海瑞拱手："海大人，下官托个事儿。下官有个表弟，叫赖青川，在抚衙里打杂，我俩久没联系了，您这去了，正好托封书信！"

海瑞袖起，别过元济，直驰严州府治所在地梅城。海瑞人瘦，选的马儿又壮，近二百里地，申时没过就赶到了。

听闻海瑞到访，严州知府文昌明迎出门外，携其手直入书斋，不及上茶，开口就问胡公子的事。海瑞大体禀过，末了笑道："下官在那礼单上瞄到有大人的名字，原以为是银子，下官这好物归原主哩，没想到是只玉香炉。下官以为，那东西既不能吃，也不能喝，还给大人也没啥用，就一丝儿没动，原封退还胡总督了。"

"礼单呢？"文昌明一脸紧张。

"下官当堂塞进密函，拿印封了，连同两箱子物品，悉数呈送胡总督，这辰光不定他就收到了呢。"

"银子呢？"

"嘿嘿，"海瑞咧嘴一笑，"一共三千二百两，下官也都物归原主了！"

"哦？"

"抚台急函下官，要淳安于十五日内拿出三千两抗倭银，下官取出三千两送给抚台，由抚台转手总督，岂不是物归原主了？至于余下那二百两，刚好用作护送胡公子的盘费。"

"哟嘿，"文昌明这才松出一口气来，"你倒是会算计哩！"

"文大人，下官这来，是有宗事儿求您！"海瑞自去倒杯冷水，仰脖子喝了。

"先把你在淳安的一揽子莘事儿讲明讲透，再说求我的事！"文昌明起身泡茶。

"这么快就要下官述职呀？"海瑞做个鬼脸，将淳安这段时间发生的大小事儿扼要述过。

文昌明笑了，走到书架上，摸出一个大袋子："你说的这些都在这只袋子里。"

"啥宝贝儿？"海瑞伸手就要拆看，被文昌明闪过了。

"全都是告你的状子，你看了不利于健康！"

"哈哈哈哈，"海瑞大笑起来，"终归得有一句赞美的话吧？"

"这个倒有，"文昌明从书架上拿出一个更大的袋子，"在这只袋里。"

"这个下官可以看了吗？"

"看了也不利于你的健康！"文昌明再收起来，将两只袋子合并，放归原处。

"那……"海瑞眼皮子眨巴几下，涎起脸皮，"下官可以说请求了吗？"

"可以了。"

"下官想重审淳安人施会民的案子，此来求请大人出个公函！"

"不可以。"文昌明语气利索。

"为什么呀？"海瑞瞪大眼睛。

"因为此案不可查！"

"下官问的正是这个，为什么不可查？"

"此案有三不可查，"文昌明盯住他，慢条斯理地扳起手指头，"一是三堂会审才具结的定案；二是皇上钦批并已执行的御案；三是你查也无对证的死案。"

"敢问大人，"海瑞上劲了，"如果某人被判死罪，且已具结，且已三堂会审，且已经由皇上钦批，且已被刑事处死，查无对证，而其家人从未服从判决，这来向大人击鼓鸣冤，大人您该怎么办？换言之，如果那人就是下官，蒙冤至死，而下官的老母、稚子不顾生死，前来大人处击鼓鸣冤，大人又该怎么办？再换言之，如果蒙冤那人是大人您呢？大人哪，蒙冤受屈的不只是死去的人，还有他未死的家人哪，她们都因此冤而被削入贱籍，罚入乐坊，世世代代都要蒙受世人的唾弃与糟践！"

文昌明的眼睛闭上了。

"大人哪，"海瑞缓一口气，"无论是吏部还是万岁爷，没有谁是神，也没有谁长着千里眼和顺风耳，若不然，天下就不会有冤案错案了，也就不存在平反昭雪。历朝历代，因误判而被平反的案例比比皆是。下官今朝摊上了，责无旁贷呀！事主曾经富甲一方，而今却沦为人可嘲讽的贱民，她们不服，因为她们认定自己是冤枉的，而非罪有应得！"

"你怎么认定她们一定就是冤枉的呢？"

"下官来求大人，为的正是去做这个认定，求个安心！"

文昌明陷入思考。良久，睁开眼睛，盯住海瑞："海刚峰，你给我听好，该说的本府都对你说过了，锁海、抗倭是皇上钦定的国策，涉倭是逆上作乱的不赦之罪，此案既已历经县、府、抚、刑部、三堂会审及至御批，就是不可翻动的定案，也是翻也白翻的铁案，你个笔架一定要去折腾，这就折腾去，后果也是你自寻的，甭怪本府没有提醒你！"

"谢大人成全！"海瑞涎起脸皮，连连拱手，"请给下官一个同意复审的公函，免得下官僭越，到了杭城也进不得正堂！"

文昌明长叹一声，出具公函，盖上大印。

第 15 章
翻案省府衙

梅城至杭州不远,最方便的是水路。海瑞在梅城歇过一宵,翌日晨起搭乘由官驿开辟的早班驿船,沿富春江顺流漂下,于后响申时左右抵达杭城码头,下船后问明道路,大步流星地赶往臬台府。

臬台府也叫浙江按察使府,位于杭州城的西北角,邻近钱塘门。海瑞由杭城东南的望江门一路行至西北的钱塘门,整整费去小半个时辰,抵达臬台府门时已过申时。

臬台府大门紧闭,旁边一个侧门守着两个门卫,手里掂着枪。海瑞正欲求问门卫,钱塘门处一阵喧哗,三辆车马由城门处驰来,跟在马车后面的是数十名捕卒,清一色臬台府的人。三辆马车上各押一人,戴着重枷,口中塞着毛巾。跟在车马后面的是一长溜看热闹的人，边追边朝马车上扔土块，一个孩子边扔边骂："打死你个老倭寇，打死你个老倭寇……"

几名军卒打开大门，让进三辆车马。

海瑞退到路边，还没看明白，那个追扔土块的大半孩子一头撞上来。海瑞打个趔趄，正待说话，跟在孩子身后的老者急前几步，连连打拱："小孙子莽撞，冒犯官人了，请官人恕罪，大人不记小人过呀！"

海瑞朝他笑笑，看向仍在追着车马扔土块的孩子："你的孙子怎么了？"

"唉，"老人长叹一声，"是我小外孙，三年前倭寇打到这儿，把他爹妈杀了，把他家的房子烧了。还好孩子去我家里玩，躲过一劫，好夕留下个根。这不，一看到倭寇，孩子的眼里就冒火了！"

"倭寇？"海瑞怔道，指向车子，"他们看起来不像呢！"

"回官人的话，"老者指向已经入门的捕卒，"我打问官家了，官家说，他们不是真的倭人，是伪倭，也是倭寇头子！"

"倭寇头子？"

"对呀，第一辆车上的那人说是叫汪直，昨儿上午到杭州，今儿个在西湖荡舟，一下船就让臬台府里的人抓了，嘿，一路上闹腾着哩，这不，嘴都封了！"

听到"汪直"二字，海瑞心底一阵狂喜，决定暂不进臬台府，在旁边寻个小客栈住下，盘算好下一步的方案。

次日晨起，海瑞前往臬台府，递上拜帖。

卫士瞧也不瞧，只瞄他的官服一眼，懒洋洋道："臬台大人今朝忙哩，你明朝再来。"

"你小子，"海瑞两眼一横，"本官是臬台大人的老舅爷，来寻臬台大人有桩大事体，你这误下了，当心吃不了兜着走！"

门房里的门尉听得真切，查看拜帖，见是淳安县的，朝海瑞拱手："海大人稍候！"

门尉正欲进去禀报，海瑞叫住他，将何算盘的信拿出："请将此函呈送臬台大人！"

门尉进去禀报，不一时，出来一个书吏，引海瑞直入内宅，在走廊里小候一时，被另一书吏引入后堂。

赵安康端坐于位。

"淳安知县海瑞叩见大人！"海瑞叩首。

"海知县，起来吧。"赵安康指向旁边的客位。

海瑞坐下。

"听闻你在淳安做下不少事情，动静不小呢！"赵安康上下打量他，似乎他是个怪物。

"谢大人明鉴！"海瑞拱手，"卑职初来乍到，一切都还是个开始，惹大人见笑了！"

"哈哈哈哈，"赵安康大笑起来，"你这个开始不错嘛。"将何常的引见信拿起来，"何常这说，你想查阅施会民的案宗，特为此来，是否？"

"谢大人明鉴！"海瑞又是一拱，"海瑞乍一赴任，施柳氏就击鼓鸣冤。依大明律令，她击鼓鸣冤，下官就不得不接下她的讼状。这接下来了，下官却又一筹莫展，因为县衙里并无相关案宗。下官只好前往严州府，求请文大人，"摸出文昌明开给他的公函，双手呈上，"这是文大人准允调阅案宗的公函，请大人审阅！"

赵安康接过，看也没看，放在案头，朝外叫道："来人！"

带海瑞进来的书吏走进来。

"你带淳安县海大人前往档案室，为海大人调阅淳安县施会民通倭案的相关案宗！"赵安康伸手摸过纸笔，写出几字，签上名，递给书吏。

书吏接过赵安康准允查阅的签据，带海瑞直入档案室。书吏从一架连一架的档案架上翻查良久，方才抱出一厚沓子案宗。海瑞寻个僻处，全神贯注地查阅。由于案宗是具结的，所有案宗的相互联系都很清晰，因果链也甚完善，判决依据、判词、三堂会审的程序及皇上御批等，尽皆在册。

疑点只有一处，施柳氏的供词。

在档案里，施柳氏审结并画押的供词与他和罗元济审讯的供词完全不符，施柳氏牺牲身体以挽救淳安百姓等内容不见一字。

终于，海瑞的目光落在他此行最最看重的证据上：汪直写给施会民的书函。

书函的外封与海瑞见过的任何信封都不一样，是特制的，上面还有一些显然不是书写出来的曲里拐弯的文字，正中位置赫然写着启封者的名字："淳安县贺城栖凤楼施会民阁下亲启"。

海瑞摸出封中的书函，却是用安徽的宣纸写的，甚短，字迹歪歪扭扭，但行文扼要，几乎没有废字，全文如下：

会民吾侄，感恩贤侄多年来之鼎力相助，并三番五次解救为叔于燃眉之急。约九十日内，会有一批为叔的番邦贵宾前往徽州，一是代为叔祭祖，二是代乡友胡总督扫墓。前赴徽州，淳安为必由之道，届时劳烦贤侄予以襄助，望贤侄不可懈怠。

叔汪直敬书

海瑞反复阅读此信，目光渐渐落在汪直的签名及签名处的红手印上。

"写信按手印？"海瑞闭目，心中忖道，"为何要按这个手印？为取信于施会民吗？若此，说明他们的关系并不亲密，这与信中语气不合。不为取信，汪直为何要按这个手印呢？"

显然，汪直这封书信与施柳氏的供词是推翻此案的关键环节，而要证明汪直书信的真伪，唯一的方式是提审汪直。幸运的是，这辰光，汪直就在臬台府的大牢里。

海瑞想定，召来负责档案的书吏，指档案道："这些档案可有副本？"

"有的，"那书吏道，"此档一式三套，一套在此，另外两套，一套存档大理寺，一套存档刑部。"

"明白了。"海瑞微微点头，目光郑重地望着书吏，指着一厚沓子档案，"淳安县有讼案涉及此案，我想带走部分案宗予以核验，待相关案件审定之后再归还贵室，可否？"

因有臬台大人的调阅签名，加之是个已经具结的旧案，这沓子案宗本身只有调档价值，不再具有保密价值，书吏顺口应道："可以，但大人须签名具押，保证不能丢失！"

"这个自然！"海瑞拱手。

书吏拿出一个向外借阅的册簿，写明事由，海瑞签押毕，选出他必须带走的证物，包括汪直的书信、施柳氏的供词等。那书吏生怕他弄丢或损坏，特寻到一只麻袋，亲手装入袋中，捆牢。海瑞谢过，提上证物大步走出。

下一步是如何提审汪直，而提审案犯，却不是臬司衙门所能定的。海瑞干脆换个客栈，入住在抚衙门外不远处的客栈里。

安排好客栈，海瑞赶至抚台衙门，递上拜帖求见抚台。门尉让他次日再来，因为抚台一大早就出去了，不定何时回来。海瑞猛地想到罗元济所托，就打问一个叫赖青川的人，说有事寻他。门尉态度立马热情起来，说赖枢秘与抚台一并出去了。海瑞在门尉处留下客栈房号，俟天色傍黑，果然有人敲门。

是赖青川，察其服饰，似乎并无功名，是个打杂的角儿。

寒暄过后，海瑞拱手："我是淳安县知县海瑞，此来杭州办差，临行时，主簿罗元济托我捎书予你，请查收！"从袋中摸出书信，递给他。

赖青川谢过，接过书信，细读一遍，收起，朝海瑞深鞠一躬:"海大人,元济是我姑家表哥,元济哥有托,青川就执海大人的差,海大人但有吩咐,青川必全力以赴!"

海瑞这才明白,罗元济是专门为他写出此信的,心里热乎乎的,对赖青川也就近乎许多,当即拱手:"青川,你为元济表弟,也就是我海瑞表弟,从现在开始,不要叫我大人了!"

"成,"青川笑道,"我就叫你海哥!刚好是饭点儿,小弟带你吃个杭州小吃,也是表哥每来必吃的,如何?"

海瑞笑笑,随他出来。青川引他走进附近一家餐馆,点下两份梅干菜扣肉,两份特色面筋,外加两大碗米饭,没有多余的菜。海瑞平日胃口清淡,极少吃肉,望见香喷喷的大肥肉,加上特别制作的梅干菜,放开肚皮,吃了个尽饱。

饭菜见底,海瑞起身结账,青川死活不依,拉扯半天,也就客随主便,由青川结了。俟小二收拾过桌面,青川要来两杯热水,看向海瑞:"海哥说吧,可有需要小弟跑个腿的?"

海瑞也不客套,将施家的案子及扯上汪直等事儿悉数讲了。

"说到汪直,倒是巧哩,"赖青川笑了,"小弟正为他忙得头晕。"

"汪直的事,怎么扯上川弟了?"

"小弟侍奉抚台,抚台为他头大,小弟能少跑腿吗?"

"川弟是……?"海瑞惊诧了,目光征询。

"小弟原在抚衙打杂,抚台见我腿勤嘴甜,也能办事,就留在身边了,早晚离不得呢!"

"嘿,遇到你真叫缘呢。"海瑞笑了,"海哥想提审汪直,能成全否?"

"海哥哪能想到提审他呢?"赖青川应道,"汪直是大案,是御案,连抚台大人都在为如何审他头疼,后响还在向臬台抱怨,听话音,两位大人没有一个想审他的。"

"为何都不想审?"

"唉,"赖青川轻叹一声,"说来话长。汪直不是倭寇,原本是个生意人,老家就是徽州歙县的,与我表哥同乡,与胡大人——就是胡总督,也是近邻,两家相距不过三十多里,小半天就走到了。汪直与胡总督小辰光在同一个学堂里念书,胡总督学得好,大比中跃入龙门,汪直对仕途没兴趣,一心想做生意,没过冠年就跟人跑丝货了。胡大人的官越做越大,汪直的生意也越做越兴隆,雄冠浙江不说,手还渐渐伸到福建、广东、山东,甚至朝鲜,造起大船,一年四季泡在海里,又在倭邦立下城池,自号徽王。前些年,海上的大船大多是汪直的。不料皇上旨令锁海,与汪直的生意杠上了,派胡总督剿倭,他俩就在海上你来我往,斗起来了。此番胡总督与汪直的船队在舟山开战,汪直落败,向胡总督投降,胡总督不愿见他,就把皮球踢到王大人这儿,王大人别无选择,只好安排他去湖上荡舟,让赵大人收他入监。"

海瑞纳闷了,小声问道:"擒获伪倭头子,这是大功劳,为何王大人与赵大人都不想出面审他呢?"

"唉,"赖青川又叹一声,"前些年,汪直就住在杭州,小半条街都是他的,生意做得大哩,只要从杭州运出去一船丝绸,不消半年，他就能运回来一船银子。莫说是杭州，纵使浙江各府各县的官员，官账上是否有银，私囊中是否羞涩，也都要看他能否与汪直套上近乎。不瞒海哥，在汪直风光的那些年里，就青川所知，朝廷里不少花销都是汪直上供的……"

海瑞怔了："既如此，皇上为何还要锁海，还要拿他？"

"皇上是神哪，谁能捉摸得透哩。"赖青川两手一摊，"皇上有旨，有哪个臣下敢违抗呢？这不，皇上令严阁老剿倭，严阁老晓得汪直与胡大人的事，向皇上荐举胡大人抗倭，胡大人打败汪直，却又不忍亲手抓他，将这功劳让给抚台。抚台大人不是严阁老的人，晓得这桩功劳捞不得，才使赵大人出手，而赵大人早前得过汪直的济，二人私交不错，怎么能舍脸审他呢？"

"若此，"海瑞一脸迷惘，"为何淳安的施会民与汪直做生意是通倭，而其他人与汪直走得这般近，又不是通倭呢？"

"汪直手里有钱，官员多半是冲钱奔他去的，冲钱去的人能明着来吗？一切都是暗箱操持，任何证据都不留的。没有证据，又没人说出来，啥人晓得？到后来汪直与朝廷杠上了，与汪直有交往的更是把有关证据毁得干干净净。没有毁掉的，譬如淳安的施会民，就跳进江里也洗脱不清了，铁证如山哪！"

"明白了。"海瑞恍然大悟，忖思有顷，"既然没有人肯审汪直，就拜托川弟向王大人举荐一下，由海哥来审，这理由嘛，就是施会民的案子。我看过他的案宗了，构成施氏死罪的正是川弟方才所讲的那个铁证，也就是汪直写给施会民的信。按照那信的说法，施会民确实罪有应得，因为汪直派来的数十名倭寇，是由他内应的。但那封信，施妻坚决不认。此前几日，我与元济兄审过施妻，她的供词与保存在施氏案宗里的她的供词完全不同。这个说明，要么是施妻说谎，要么是有人用奸。另外，按照施妻的说法，施会民根本不认识汪直，汪直也不可能写信予他，她也是据此向海哥鸣冤的。这下好了，汪直就在这儿，是不是他写的，我们一审便知。若是施妻说谎，她就触犯刑律，贱民作奸犯科，罪加一等，是要随她先夫去的。若是有人使诈，施案就成为冤案。王大人若能主持公道，平反一桩铁定的冤案、御案，单此一功就足以流芳百世。川弟积善莫大，亦当德荫后世矣！"

"海哥，什么积善不积善的，小弟真无所谓，但海哥的事，就是表哥的事，也就是我的事。这样吧，海哥先回客栈候着，我寻机缘向王大人禀明这事儿。只要大人肯见您，事儿就成了！"

"谢川弟！"海瑞拱手。

次日后晌，青川来到客栈，笑对海瑞说："海哥，成了，王大人有请！"

海瑞被赖青川带进巡抚府衙的后花园，远远望见抚台王本固正在凉亭里品茶。海瑞入亭，在王本固的几案前跪下，叩道："淳安知县海瑞叩见抚台大人！"

"呵呵呵，"王本固一脸是笑，"你就是海瑞呀，起来，起来，看茶！"

海瑞谢过，在客位坐定，端过面前的茶盏，见不烫了，小啜一口，放下。

"听青川说你来了，我倒是很想见见你呢。此番征倭加征的税银，今朝这都七八天了，交来的才只两家，你的淳安竟是第一个解送到的，前后不过五日，我很好奇呢！"

"禀抚台，"海瑞拱手应道，"将士们不惧流血，抗倭卫国，淳安再难，也不能让他们饿着肚子疆场厮杀啊！"

"甭讲官话，"王本固扬手止住，"就本抚所知，淳安日子并不好过，去年赋税，淳安拖到最后才交齐，中间还几番求我减免。你刚赴任，三千两虽说不多，却也不是小数，你在五天之内就使人解送到本抚这儿，除去来回路程，可以说一日未曾耽搁，说说是哪能个做到的？"

海瑞闭会儿目，睁眼说道："是有人体谅淳安穷苦，体谅下官难为，特为下官送来三千两，刚好凑足大人所征之数！"

"有这等好事？"王大人两眼大睁，倾身问道，"是何人有此善心？"

"下官也不晓得。"

"啊？"

"也是巧了，"海瑞晓得绕不过了，只好解释，"下官接到大人加急公函的当晚，有人引众在驿站闹事，还吊打驿丞。下官赶往处置，却是一个假冒公子恃强欺人。下官收他下狱，顺势将他随身所带的非法钱财没入县库，数点下来，刚好是大人所征之数，也就顺手解送杭州了。"

"假冒公子？"王本固半是自语，半是问询，"假冒何人了？"

"胡总督的三公子。"

王本固震惊："可是胡柏奇？"

海瑞应道："那小子假冒的正是胡大人的三公子胡柏奇。下官不认识胡公子，让他拿出是胡公子的凭据，他拿不出，连户籍证明也没。就下官所知，胡总督深明军法，严以律己，不可能育出这般蛮横之子，是以认定他是冒牌公子。"

"胡柏奇还在狱中吗？你不会是将他押送到本抚这儿了吧？"

"禀大人，由于涉及胡总督清誉，下官不敢妄断，已于次日使人将嫌犯一应人众悉数押送余姚，交由胡大人亲审！"

王本固松出一口气，品一口茶，看向海瑞，冲他点个头，脸上浮出笑："听说你叫海笔架，今朝算是确认了！听青川说，你要提审汪直，所为何事？"

海瑞扼要述过施柳氏鸣冤的事，末了摆出随身所带的相关证据，讲出疑点。

"这个案子本抚晓得，既然存疑，你是可以提审汪直的！"王本固看向赖青川，"青川呀，就照你说的办去，这是签署。"随手递出一张他所签署并用印的准允提审汪直的提单，补上一句，"还有，提审汪直时，你也边上听听，看那贼子有何说辞！"

赖青川应过，接过提单，引海瑞前往刑科办理提审手续。

胡振威回来了，与他同行的是胡柏奇。不过，这次胡柏奇相当低调，一路上悄无声息，仆从也没带一个，随行他的是两名军士。

他们是骑着马回来的，由于赶路，都很累。何算盘安排胡柏奇三人歇下，逮住胡振威照头问道："船呢？"

"交给李捕头了，逆水，慢死了。我给他一百两银子，让他顺便运点儿绍兴货回来，具体买啥，由他自己选去，回来算好账就成。"

"嘿，你啥辰光有这脑筋了！"何算盘乐了，"说说，出啥事了，这么快就回来？"

"好着哩。"胡振威拧开一瓶酒，灌一大口。

"急个啥，酒宴这都安排了，小半个时辰就候不了？"何算盘半是责怪。

"乏死了。"胡振威放下酒瓶，又灌一大口凉水，"马不停蹄，八十里没下鞍，谁能受得了？"

"这也太急了，啥人催你？"

"是胡大人。清明节要到了，胡大人命令胡公子三日之内必须赶回绩溪，那两人是护送他的，奉了军令！我见机会难得，也就扔下李捕头，陪同公子回来了，今宵歇在淳安，明晚赶至绩溪！"

"快说呀，"何算盘急不可待，"胡公子回去挨揍了吗？"

"哪有亲爹打亲儿子的理？"胡振威笑了，"就照常哥说的，我与胡公子肉袒插荆，一进大帐，扑通就是一跪。胡大人不晓得发生啥事，问公子，公子死活不说，只是哭。胡大人问我，

210

我就把姓海的这通子事抖搂出来,把他的信并押送手续呈交大人。嘿,胡大人听得上心着哩,问这问那,然后啥也没说,让我俩歇一夜,次早就派他的两个护卫护送公子回乡祭祖。"

"那箱子珠宝呢?"

"胡大人收下了,没让带回来。"

"这就成了!"何算盘打个响指,"我打听过,胡大人索贿受贿在官场里是出了名的,否则一路上就没人敢给胡公子送钱。听你这般说道,姓海的这下惹错人了,在淳安的好日子也就过到头了!"

"我也这般想呢。常哥,好人做到底,我想明天护送胡公子到家,他有几年没回家了,两名护卫执完差就走,胡公子要代父祭祖,是家族大事,身边没个帮手不成,我去打个杂!"

"这个杂得打!"何算盘闭会儿眼,"去把你按察分司署的三百两银子取来,我再加二百,凑足五百,你带上,甭声张,到胡府后见机行事。"

"晓得了,我这就拿去。"

第16章

刑狱审汪直

　　枭台府的内堂里,一个白发大夫在为赵何氏把脉。堂中主位坐着赵老淑人,也就是枭台大人的母亲,手里拿着一把制作精致的纸扇子。时至暮春,天气还不算热,但她手中的纸扇子一直在摇着,一下接一下,扇的也并不是她自己,而是蹲在她一双小脚边、蹭在她裙角上的一只毛色纯白的巴儿狗。那狗其实也并不热,但却夸张地咧着嘴,吐着舌头,哈哧哈哧地喘着气,做出很热的样子,以享受主人的扇子。

　　枭台赵安康快步进来,见这情势,轻轻走到老淑人的陪位,悄然坐下。

　　白发大夫叫丘生机,在杭州城里开着医馆,名气甚响,称得上顶级大夫之一,也是达官贵人家中的常客。

丘生机松开脉，又让赵何氏张口看过舌苔，笑吟吟地看向老淑人，双手拱起："贺喜老淑人，贺喜赵大人，如淑人脉相平衡，面色红润，心气平和，舌苔正常，一切顺畅，好着呢！"

"是男娃无异了？"老淑人停住扇子，似不放心。

"老淑人哪，"丘生机再次拱手，"生机看诊数以万计，是男是女一诊即出，如淑人今朝这是第六诊了，老淑人但请宽心！"

"好哇，好哇，"看向旁边侍立的丫鬟，"给丘大夫谢礼！"

那丫鬟应声诺，端起一只托盘，款款走向丘生机。丘生机谢过，伸手拿起托盘上的红色礼盒，双手捧起，起身朝老淑人拱手："生机谢老淑人打赏！"转向赵安康拱手，"贺喜赵大人！生机告退！"

赵安康送丘大夫走出内宅，折返回来时，赵何氏已经不在，只老淑人守着。

"安康呀，"老淑人一脸是笑，"丘大夫三番五次确定，妈也请其他大夫诊过，确认无疑了。再过几个月你媳妇就要生哩，妈在想，总不能让我这嫡亲孙子出在偏室吧？"

"一切由母亲做主！"

"妈的意思是，先把何氏立了。至于戚氏的淑人名分，你写信要她让出来就是，你就说是妈的意思。戚氏通情达理，不会想不开。"

"我听妈的！"

"你这忙吧，我托人看日子去！"老淑人起身，挂起拐杖，在身边丫鬟的搀扶下踩着一双小脚款款去了。

老淑人刚一离开,赵何氏就从内室里转出来,打个深揖:"谢夫君抬爱!"

"你该谢的是妈!"赵安康瞄她一眼,"养好你腹中的儿子,顺顺当当地生出来,其他的事你就甭多想了。哦,对了,我正有事寻你!"

"夫君请讲!"

"那个海知县又来了,说是要提审汪直,这在等我回话呢!"

"妾身也正要说给夫君呢,"赵何氏笑吟吟道,"我又接到哥的信,他问海瑞来没,说是如果来了,无论他干啥,夫君都可成全他,让他狠劲儿闹腾,闹腾得越大越好!"

"实意说,你哥想干啥?"

"把海瑞弄出淳安!"

"你这个哥真叫人不省心哩,"赵安康哂出一声,"今儿写信,明儿写信,一天到晚都是他的屁事儿!"

"也是夫君的事,"赵何氏悄声,"我哥讲好了,淳安的生意有咱家三成!"

"无论几成都是你的,我只求你把我的儿子养好!"赵安康甩下一句,大步流星走了。

刑狱位于按察府衙的西南角,比淳安县狱大出好几倍。审讯室也是刑讯室,里面摆满各式刑具。

陪同海瑞审案的是两个人,一个是赖青川,另一个是按察府里的刑科书吏谢诚，负责记录，候在室中的其他几人，皆是用刑的狱卒。

汪直被几个狱卒带进刑室，戴着镣铐。

这是他入狱来的第一次受审，憋着一股子劲儿，进门时气势轩昂，见审位上坐的竟是一个七品小官，先自怔了。

"王大人呢？"不待海瑞说话，汪直率先质问，"就是王本固，让他过来见我！"

"汪先生，"海瑞指向椅子，语气平和，"还是坐下说话，站久了腰疼！"

汪直坐下。

"看茶！"海瑞努嘴。

一个狱卒端来一杯茶水，摆在汪直前面的小几案上。

汪直端起，喝一口，放下，看向海瑞："我的话你还没回复呢，叫王本固来！"

"王大人若来，就是审讯了！"海瑞慢悠悠道。

"咦，把我弄进这牢狱里，难道不是审讯吗？"汪直又是一怔。

"今朝不是，"海瑞应道，开门见山，"在下姓海名瑞，为严州府淳安县知县，因县中有桩疑案涉及汪先生，特借此室，求请汪先生出个佐证！"

"这这这……"汪直火气上来了，"你们闹的什么鬼？我与胡宗宪达成止战协议，此来杭州与王本固商谈贸易细则。我等三人赶到抚衙，他却传话临时有事，安排我等游览西湖。我等哪有闲心游览西湖呀,只在湖边小转一圈,刚一靠岸,竟被他羁押至此。"拳头将几案震得嘭嘭直响,"堂堂大明巡抚,竟然行此阴诈下作之事,情何以堪?"

"汪先生,"海瑞不急不火,"海瑞劝您,还是消消气为好。古人云,和气生财,怒气伤肝,汪先生这般动怒,若是伤到肝了,岂不是有损和气吗?"

汪直喘几口粗气,真也平静下来。是的,事已至此,冷静方为上策。

见汪直的火气消下去,海瑞转向三个候立一侧、凶神恶煞般的侍刑狱卒:"本县说过了,今朝不是审讯,是请汪先生佐证一桩案情,你们全都退下吧。"

三个狱吏卒出,室中气氛松活许多。

"汪先生,"海瑞看向汪直,"敢问贵庚?"

"甭庚了,"汪直应道,"与胡宗宪同年同月生,想当年同窗进学时,他与我排过,长我七日,是以我叫他胡哥!"

海瑞吸进一口长气,看向赖青川,吧嗒两下嘴皮子,却无声音出来。

"我晓得了,"汪直盯住海瑞,气势如虹,"今朝的事,必是王本固使你来的。他摆下这圈套,无脸见我,方使你来试探我的虚实。我汪直行得端,立得正,生平无虚,只有实。你既来了,我就将我的实说与你听,我的每一句话,你都要原封不动地传给他,让他掂量掂量!"

海瑞看向赖青川,见他点头,缓缓说道:"汪先生,你有何话，但说无妨！"

汪直转对谢诚："你是书吏吧？我所说的你都要记上，免得海知县说不清爽！"

书吏看向海瑞。

"听汪先生的！"海瑞出令。

"王大人听好，"汪直闭目，似在背诵早已想定的台词，"我汪直既非倭，也非寇。我本徽州歙县人，自幼熟读诗书，但无意仕宦，于弱冠之年营商逐利，交换有无。农为国之本，此话不假，但商通四海，为国之大利，断非夜郎固步之徒所能感受。朝廷锁海，是不知海，朝廷抗倭，是不知倭。上皇万岁居于深宫，宦小环伺，消息闭塞在所难免。朝廷诸臣远离江海，醉心于钩心斗角、争风媚上，不知江海之阔，不问民生之苦，亦情有可原。王大人您身为朝廷封疆大员，既知江海之阔，亦知民生之苦，却不向上皇尽忠直言，反而行此小人之诈，借商谈之名，拘我汪直于此狱，是何用心？子曰，'君子坦荡荡，小人长戚戚'，王大人您身为正人君子，熟知诗书礼义，又何以行此小人诈术？"

汪直睁眼，见书吏走笔如游龙，刻意停住话头。

见汪直的矛头完全对准抚台大人，海瑞颇为尴尬地看向赖青川。

赖青川却是半闭眼皮，无动于衷，显然是要听下去。

"汪先生，"海瑞决定将话题从抚台身上岔开，"您讲得高深，海瑞肤浅寡闻，有些吃不透哩。您说朝廷锁海，是不知海，朝廷抗倭，是不知倭，此言何解？"

"先说这海吧，"汪直侃侃而谈，"儒者所谓之海，可叫五湖四海，是与江、河相提并论的，是走得到、看得见、摸得着的，所谓'溥天之下，莫非王土；率土之滨，莫非王臣'，指的无不是我上皇辖区。在'王土'与'滨'之外，天地无限广袤，我上皇辖区不过是一夜郎耳！"

"什么？"海瑞倾身，"你说我泱泱大明不过是一夜郎？"

"哈哈哈哈，"汪直爆出一声长笑，"知县姓海，可知海否？"

海瑞淡淡一笑，坐直身子："知与不知，可有说辞？"

"姓海不为知海，知海就要下海。"汪直的目光直逼海瑞，语气狂傲、决断，"你虽然姓海，但并不知天高海阔！譬如在这杭州，钱塘潮来，汹涌澎湃，引千古文人感慨。你扬帆迎潮，出江下海，但见汪洋一片，天海无际。你南行三十日，方见琼州，再行三十日，可见岛陆连串，"头略略一扭，斜睨海瑞，"具体都有什么，你可晓得？"

海瑞又是淡淡一笑，顺口接道："由琼州西南行十日，可抵占城，东南行二十日，可抵苏禄，再南行十日，可泊浡泥，又南行三日，可抵爪哇、满剌加……"

"你……"汪直转头头，盯住他，声音急切，"再西呢？"

"出满剌加，北航三十日，可抵榜葛剌，西航三十日，可达古里，由古里西北行，五十日可抵波斯，再五十日可抵天方，沿天方而南再五十日，可抵慢八撒……"

汪直目瞪口呆:"你何以知晓这些?"

"呵呵呵,"海瑞两手一摊,"你甭忘了,本县姓海,与大海有缘哪!"

汪直不可置信地盯住他,一字一顿:"我问的是,你何以知晓这些?"

"百多年前,"海瑞指向南方,"宫中郑大人七下西洋,三番泊靠琼山,两番歇足崖州,本县乃琼山人,几番涉足崖州,就站在郑大人泊岸的地方,是望洋兴叹哪!"汪直拱手:"失敬,失敬!"

"汪先生不必客气!"海瑞还礼,盯住他,"海说完了,倭人呢?"

"倭人?"汪直冷笑一声,"什么倭人?我汪直看到的清一色是我大明的人!"

"大明的人?"海瑞怔了。

"譬如说我汪直吧,"汪直指着自己,"朝廷派胡宗宪前来剿我,名之曰抗倭,就是把我当作倭人了,凡是跟着我的就都成倭寇了!"声音陡然激昂,"可你看见了,我汪直就在这儿,我是倭人吗?从我汪直赌命的又都是倭人吗?不是,他们中的绝大多数是大明上皇的子民!他们住在海边,原本靠海吃饭,可上皇一道圣旨下来,要他们'寸板不许下海',又迫使他们离开海边,耕作取食。一方水土养一方人,让靠海吃饭的到内陆去耕作取食,就如驱秀才扛枪、赶鸭子上架,实在是难为之事。"

"可海瑞听到的是，"海瑞驳道，"我上皇之所以禁海禁贸，是因为倭人骚扰，譬如宁波倭案，是倭人烧杀劫掠在先！"

"我在倭邦住过多年，宁波倭案，没有谁比我更清楚了。自唐、宋以来，倭邦一直是我藩属，向我朝上贡，而上贡地正在宁波。嘉靖二年，倭人内乱，细川氏与大内氏两大朝臣控制朝政，争派船队上贡，一个叫细川使团，一个叫大内使团。上贡使团须持勘合国书方能登陆，细川使团所持的是上皇弘治勘合，而该年已入嘉靖，由上皇嘉靖颁发的勘合国书由大内使团持有。细川使团暗结负责接待藩国朝贡的市舶司太监赖恩，行以重贿，反将持有合法勘合的大内使团拒于门外。大内使团震怒，暴力争贡，追杀细川使团。细川使团逃往绍兴，大内使团要求绍兴府交人，是在遭拒后才开杀戒，夺船返回倭邦。"汪直几乎是如数家珍了。

海瑞哪儿听过这些，情不自禁地"哦"出一声："你说这些，海瑞倒是未曾听说！"

"海知县哪，"汪直急切接道，"倭人内乱，为抢夺朝政而争相上贡，是大好事，我大明正可利用这个坐收渔利，驯服其心，不承想的是，我朝却因宦奸当道，生生弄出这么个仇怨来！大内氏不服，使人再度侵扰，要求讨还公道，可我上皇偏听宦奸之言，不予公道不说，反倒关闭宁波、泉州、广州三大市舶司，全面禁海抗倭。可上皇不知，他抗的根本不是倭，而是沿海数以十万计船民的生计，更是内陆数以百万计靠商贸度日的臣民的生计。明的不行，只能来暗的，譬如说我汪直，就是这般将一个好端端的、既利国又利民的大好生意生生做成寇盗行径，"苦笑，"海知县哪，你说这叫什么来着？"

"汪先生说的，海瑞有些儿懂了……"

"你没有懂，因为你不是商人，你不会算细账！"不待海瑞说完，汪直抢过话头，"就我所见，天下诸邦没有一家如我上皇这般禁海的。万邦来朝难道不是儒者的理想吗？当年我大汉奋力出塞，北击匈奴，更使张骞远通西域，开通丝路，至大唐丝路繁荣，为大唐国库挣下巨量财富。之后是五代之乱，丝路堵塞，至宋、元，虽有开辟，却也是有等于无。及至大明，丝路完全不通了。海知县，我这告诉你，即使丝路通畅，与海路也是不可比的。丝路只能运丝，运送茶叶就不合算。若是运送陶瓷，累死驼马事小，只怕走不到西域就会碎落一地。海路不同。随便一船，一个驼队运它不完。船不惧重，只论体积，莫说是茶叶，纵使陶瓷也是一船一船地装，正好压舱底用。陶瓷在杭州为寻常百姓日用之物，但在西洋，非达官显贵是用不起的。因有丝路，方有汉唐盛世。今至我朝，丝路不通，但只要开通海运，整个天下都是我大明上皇的！海大人哪，这个大账你算过吗？上皇开疆拓土，是为何？无非是为多治民众。多治民众又是为何？无非是为多收赋税。然而，只要开通海禁，准允贸易往来，天下的银子就会一船接一船地运入我邦，使我民再无纳税之苦；天下的粮食就会一船接一船地入我府库，使我民再无饥馑之忧。而我民所要做的，不过是采桑织锦、烧陶制瓷、辟山种茶，早晚勤勉而已。"

汪直一口气讲出开通海禁的诸般益处，海瑞听得两眼直了。

"唉，"汪直许是讲累了，长叹一声，收住话头，"我晓得，我对你讲出这些也是无用，我只是憋不住而已。海知县哪，你要晓得，我汪直完全可以不做生意，我在倭地有座城池，有大大小小多个岛屿，我在你家的大海之南有数以千顷的土地，我挣下的钱十辈子也花不完，我拥有的财富你一辈子也见不到，我可以在大明的海岸之外悠然自得做我的徽王。我只要不上大明的海岸，整个大海都是我的。可我为什么还要上岸？我为什么还要扰边？我为什么还要煞费苦心地与胡宗宪周旋？为的是大明朝的百姓。百姓苦啊！你会说，你既不是上皇，也不是官老爷，妥妥一个寇盗，却在这儿出口百姓，闭口百姓，这是哄谁来着？这是操的哪门子心？海知县哪，你不会明白，你这辈子也不会明白，正因为我是寇盗，所以才晓得百姓的苦。随我闯荡大海的无一不是贫苦人家的孩子，达官贵人哪一个舍得让自家的宝贝下海？大海博大、蔚蓝、美好，可它也充满风暴、险滩、暗礁，我们无不是拿命在搏啊！可悲的是，"他再次激动，"我们拿命搏来的钱，养活的不是百姓，而是官家，这又被官家用之于禁海抗倭，堵死我们的生路。他们禁的是什么海，抗的又是什么倭啊！"将拳头重重地震在几案上。

海瑞被汪直的激情深深震撼了。

海瑞未曾想到的是，声名狼藉的汪直竟是这么一个率直的人，这么一个真诚的人，这么一个历过风浪、见过世面，更将一切看得通透的人，当然，也是这么一个狂悖不羁、不可一世的人。

然而，海瑞此来提审汪直，为的并不是听他发泄。看到一刻不停埋头于速记的书吏已经现出疲象，海瑞晓得该转移话题了。

"汪先生见多识广，海瑞受教了！"海瑞朝汪直拱个手，转过话头，"依先生所述，倭人并不是寇，只是想与我朝通商而已。胡大人抗击的也不是倭人，而是先生麾下的大明子民。可先生能否解释，三年前，有数十人骚扰内陆，打进淳安，听说也打进你的家乡，说要祭祖什么的，据说清一色全是倭人。他们一路糟蹋妇女，杀人无数，为祸甚广，汪先生不会不晓得吧？"

"唉，"汪直长叹一声，"说起此事，深以为憾哪。我在沿海贸易往来，可官府视我为寇，处处与我作对，还有倭邦，他们实在是离不开我大明的货品。上皇禁海关市，断了贸易之路，倭邦同心共气，誓要砸门开市，自然是要杠上的。倭邦定要诉诸武力，唯我汪直百般阻拦。因了胡宗宪的同窗之谊，我托人说合，讲明开市是'双赢'的事，胡宗宪认可了，可上皇不允，依旧让他剿我。倭邦生气了，大内氏不顾我的劝说，选出数十名精干死士，一路打往徽州，一是让胡宗宪领教一下倭人的厉害，二也是想震动上皇。"

"汪先生不会是撒谎吧？"海瑞盯住他。

"撒谎？"汪直震怒了，盯住海瑞，"你说我汪直撒谎？"

"海瑞只是提醒汪先生，"海瑞慢腾腾地摸出害死施柳氏的信函,"我这儿有个证物,上面有汪先生的署名,还有一个手印,信中清晰地写着,是汪先生派遣倭人过路淳安,前往徽州,一是祭你自家的祖,二是问候胡总督的祖坟。要我念念吗?"

"这……"汪直惊呆了,"不可能的事!你示给我看!"

海瑞起身,持信走向汪直,将信函在三尺外展开。

"我眼花了,放近点儿。"

海瑞略一思忖,将信直接摊在汪直的案上。

"哈哈哈哈,"汪直仔细审过,长笑一声,转对海瑞,"海知县,你可以收起了!"

海瑞收起证物。

"你持此信是来羞辱我吗?"汪直盯住海瑞。

"此话何解?"

"我汪直的字写得有这么差吗?我汪直的签名有这样丑吗?我汪直的行文有这般直白吗?还有这个施会民,他是何人?我汪直何曾认下这么一个姓施的贤侄?再就是那个手印,"汪直伸出十指,"我的十根指头皆在这儿,没少一个,你这就试试,若有哪根手指合于此印,海大人可以剁了去!"

"那我真要试试喽!"海瑞微微一笑,转对赖青川,"拿笔来,请汪先生展示一下他的书法!还有,备把刀子,看看是哪一根手指与此印相合,将它剁了!"

赖青川拿过纸笔,恭恭敬敬地摆在汪直面前。

汪直拿起笔,刚要写字,突然放下,看向海瑞:"海知县,你就是为这事儿找我的吗?"

"海瑞一开始就是这般说的。"

"可你记住，我是商人，不做赔钱买卖！"

"先生开个价吧！"

"我可以帮你这个忙，但你也须应下我一桩事！"

"何事？"

"我写一信，你须亲手交给胡宗宪！"

"成。"

"你交给胡宗宪时，必须传递我的话：胡宗宪，明人不做暗事，我汪直不是投降你，而是听信你的承诺。你承诺说，上皇已经允准取缔海禁，开市通商，我信任你，方从倭邦回来，与你谈判开市通商的细则，你却背信弃义，袭击我的先期船队，我寻你讨要说法，你又支我赶赴杭州，使王本固拘我，这是人干的事吗？"

"这些话，"海瑞怔了，轻声，"汪先生还是直接写给胡大人的好！"

"该写的我会写下，这几句是让你传的！"

"成。"

天色傍黑时，海瑞再至抚衙，被赖青川带入王本固的书斋。

"我看过今天的供词了，你审得不错嘛。"王本固一脸是笑。

"谢抚台大人褒奖！"海瑞拱手。

"我甚想知道，你是否前往余姚？"

"下官明日凌晨动身，此来是为拜谢大人！"

"你已经打过胡大人的脸,这去又是打脸,就不怕胡大人将你绑了?"

"怕。"

"怕你还要去?"

"为人以信。下官既已承诺汪直,就必须去。"

"汪直的话,你信吗?"

"信,也不信。"

"说说,"王本固来劲了,"你信的是什么,不信的又是什么?"

"下官没想明白。"

"没想明白,怎么能说'信,也不信'呢?"

"因为没想明白,所以下官才说'信,也不信'。"

"真有你的!"王本固的脸色微沉,"你来寻我,除了拜谢,还有何事?"

"为施会民一案。就汪直供词,施案系冤案无疑。此案系已具结的定案和御案,下官即使审明,恐也职微身轻,难以撼动,此来是向大人求助,诚望大人为下官撑腰!"

"撑你腰的不是本抚,是证据。不过,如你所述,此案确实棘手,涉及刑部、御批,还有官场上的其他种种,本抚就不明讲了。对了,你不是要见胡总督吗,大可问问胡大人,或许他有妙解!"

"谢大人指点!"

别过王大人,海瑞悄问送他出来的赖青川:"川弟,审案、定案、翻案无不是抚台的事，抚台为何要推给胡大人？"

"抚台不是已经告诉你了吗？"赖青川笑了。

"哪儿告诉我了？"

"'官场上的其他种种'。"

"海瑞愚痴，这'其他种种'，还请兄弟解说一二！"海瑞拱手。

"海兄既然有问，川弟就实说了，"赖青川应道，"施会民的案子是赵大人经办的，赵大人走的本是刑部尚书欧阳大人的门路，不久前改换门庭，攀入严府，成了严阁老的人。王大人是徐阁老推荐来的，徐阁老与严阁老时常互论短长，属于严阁老的事，王大人就不便插手。"

"王大人为何又要我去求请胡大人呢？"

"胡大人也是严阁老的人！"

"川弟，海哥对你讲句实的，"海瑞淡淡一笑，两手一摊，"我海瑞此生只认公义，不认情义，谁是谁的人，与我海瑞没有半文钱干系。"拱手别过，大踏步而去。

第17章
自信何算盘

淳安县的府衙大院里，何算盘在前，吴仁在后，径直走向县太爷的大堂。

大堂里空空荡荡，静得吓人。

何算盘一直走进堂中，站在海瑞的大椅子前。

"算盘呀，"吴仁怔了，"你是闲得没事干了，把我引到这儿，看他的大椅子做啥？"

"坐上去！"何算盘朝大椅子努下嘴。

"这……"吴仁蒙了。

"我想试试看相！"

"唉，你呀，"吴仁轻叹一声，扑哧笑了，是苦笑，"走走走，要是实在没事儿，就陪我杀盘棋去，我让你一个车！"

"那是假杀,这儿才是真杀。"何算盘执意了,"坐上去吧,这辰光没人,你摆个啥谱哩!"

吴仁真就绕到案后,在海瑞的大椅子上坐下。

何算盘袖起手,在堂前走着方步,左看右看,近看远看,末了握拳道:"拿起惊堂木,震个威!"

吴仁拿起惊堂木,抖起神威,啪地砸在大案上。

"妥了!"何算盘啪地打个响指,竖起两个拇指,"吴大人这一震,有神有威,比海大人气势多了!"

吴仁站起来,走回堂中,悄声问道:"何兄,怎么个妥了?"

"是这个,"何算盘从袖中摸出一信,一脸喜气,在他面前扬一下,又收起来,"小妹来的。我一收到,就马不停蹄赶你这儿。"压低声,"共是三桩喜事,第一桩,小妹已被赵门正式扶正,晋封淑人,老淑人择好吉日了,就是明天!"

"哎哟喂,大喜,大喜!"吴仁连连拱手,"得好好庆贺一下!"

"另一桩是,"何算盘指向海瑞的椅子,"那人已到杭州,求请赵大人复审施家案宗,赵大人是一口应允呀。就这辰光,那人当在忙活这事儿呢,说是单单案宗就有二尺厚,够他忙活的。小妹还说,她把我发的信函示给赵大人,赵大人得知那人竟把胡公子打入大牢,惊得合不拢嘴呀!施家案子是赵大人主审的,赵大人与胡大人这辰光又都是严阁老的人,一根藤上的瓜,那呆子却来倒腾这个铁案,是不知死活哩!"

"第三桩呢?"吴仁急问。

"振威昨儿回来了。你猜，跟他一道的还有谁？"

"谁？"

"胡公子，柏奇！"

"啊？"吴仁先是一惊，继而嗔怪，"三叔回来了，怎么不叫在下？"

"唉，"何算盘长叹一声，"到栖凤楼天就黑了，他们一路骑马，说是八十里没下鞍，都累瘫了，倒头就睡，今儿一大早，就又走了。"

"何事这般急切？"

"是胡大人安排的！"何算盘不无得意，"清明在即，三叔是代胡大人回乡祭祖，这是大任哪！前面出个岔子，胡大人生怕三叔再误事，使两名亲兵护送，让振威同行，咱那大船就留给李捕头他们了！"

"哦。"

"就在昨儿，咱的辈分荣升一级，胡公子说啥也不让振威和我叫他三叔，反过来认我俩为哥。胡公子还说，振威是他患难之交，待他祭过祖宗，就与振威结拜为义兄弟，你说这……"何算盘喜不自禁。

"振威这下当真抱上粗腿了！"

"眼下看来，"何算盘没有接他的话，顾自说道，"胡大人把祭祖的事儿看得重哩。我一不做二不休，干脆让振威将胡公子一路护送到家，又紧急筹措五百两银子让振威带上，先为吴兄铺好路再说！"

"何兄大德，吴某谢过了！"吴仁连连拱手。

"什么德不德的，你我甭讲这些外话！"何算盘摆个手，"下面的戏文，该我俩唱了。你得空了，多听听属僚们的抱怨，好好一个淳安，自姓海的到任就成了一地鸡毛，全乱套了。我已寻到两家不服那人判决的，他们答应我再拉几个败讼的，各写各的状子，告姓海的贪赃枉法，胡乱判案！"

"告他贪赃不妥吧？"

"先写上再说。贪与不贪，任谁也是说不清的。海大人受贿，能给你我看见？譬如那把老琴吧，里里外外，整得严丝合缝，若不是兆南点破，你我全都蒙在鼓里呢！"

"也是。"吴仁大是赞同。

"还有城防的事儿，我安排妥了，这辰光都在忙呢。不出意外，一个月内就能出好方案，保管吴大人眉开眼笑。"

"咦？"吴仁怔了，"海大人要是离开淳安，这城防还要搞吗？"

"搞呀，"何算盘一脸兴奋，"多好的事儿呀！"竖起拇指，"无论如何，姓海的是个奇才，单是想出倒腾城防，我就服他。这下好了，修筑城防是为抗倭、治安，这又分别是胡大人、赵大人的职分。待海大人挪过窝，吴大人一坐上这椅子就奏报城防工程。倭寇入侵淳安谁都晓得，淳安修筑城防理所应当，而修筑城防是朝廷的事，吴兄只要报上，赵大人、胡大人分别搭个腔，我等向朝廷讨个几万两碎银也是可能的。即使讨不到，朝廷完全可以免除我两年赋税嘛。赋税也是银子，只要有银子，算盘保证将城墙修得厚厚实实的,把城门立得高高大大的,让整个浙江的官老爷们都来咱的淳安看看。吴兄啊,这才是政绩,看得见,摸得着,辛苦当下,留名后世啊!吴兄有此大功,不定淳安就盛不下吴大人喽!"

"谢何兄栽培!"吴仁拱手。

第18章

总督胡宗宪

余姚位于宁波与绍兴之间,北扼钱塘江口,东达舟山群岛,西控杭州,堪称抗拒倭寇窜犯的枢纽所在,是以胡宗宪设大营于此,直接掌控南直隶、浙江、福建三省的抗倭大局。

由于汪直被拘,胡宗宪忧心倭贼气急作乱,严禁所有船只下海,凡海上船只皆击毁之,陆路盘查也空前严厉起来。

尽管海瑞身着官服,手续齐备,却也是在层层盘查后才被带入胡宗宪的大堂。

胡宗宪端坐帅位,找他禀事的属僚及地方官员一个接一个。海瑞官位低,就被安置在厢廊候客厅的角落里,讨杯水喝过,正襟端坐恭候。候着,候着,海瑞的眼神渐渐迷离,不消一时,身子一歪,竟就打起呼噜来。

禀事的人渐渐稀少，堂中安静下来。处理完最后一宗事务，胡宗宪站起身子，打个哈欠，正要退堂，隐约听到呼噜声。

胡宗宪的脸色黑了。

胡宗宪走出堂门，循呼噜声走入厢廊，见海瑞睡梦正酣，口角流出涎水。胡宗宪本要踹他一脚，腿已抬起，又停下了，嗅几下鼻子，看向海瑞久没换洗的官袍及一脸疲色。

胡宗宪如同看到在战场上浴血拼杀的战士，急行军后是伏击，伏击之后是激战，激战之后的模样，正与眼前之人一般无二。

显然，这是一个赶来向他禀事的七品知县。他这般赶路，这般守候，想必是有大事禀他。胡宗宪轻步离开，走至大堂门外的值守处，指着海瑞问守值军尉："他是何人？"

军尉拿出名册，细看一遍："禀总督，是淳安县知县海瑞，从杭州来，持有抚衙出具的禀事拜帖！"

"海瑞？"胡宗宪心头一凛，面前浮出胡柏奇，忖道，"不会是他将柏奇之事告到王本固那儿去了？"

"我叫醒他去！"

军尉就要动身，胡宗宪拦住，复又拐回厢廊，拉个凳子在海瑞对面坐下。

移动凳子的些微响声惊醒了海瑞。

海瑞睁开眼，一时怔了，急揉几下："将军是⋯⋯"

"胡宗宪！"

"胡大人！"海瑞打个寒战，将凳子朝后一蹬，就地跪下，叩首,"淳安县知县海瑞叩见总督大人!"

"坐下吧。"胡宗宪指向他方才坐着的凳子,转向远处的军尉,"端茶水来!"

海瑞谢过,忐忑坐下。

军尉一阵忙乱,端来两杯茶水。胡宗宪挥手让他离开,端起一杯递给海瑞,自己也拿一杯,端在手里却不喝,只将两眼盯在海瑞身上。

海瑞从仓皇中渐渐静定,亦端水不喝,与胡宗宪对视。

"你就是海瑞?"胡宗宪说话了。

"是的,总督大人,下官海瑞,字汝贤,号刚峰。"

"还有一个号,叫笔架!"

"是绰号,大人,有人拿这个嘲讽下官。"

"你只有这一套官袍?"胡宗宪的目光落在他的官袍上。

"老娘正在为下官再缝制一套,还没缝好呢。"

"听说你为老安人过生日,特别割下二斤肉,可是真的?"

"是的,大人,娘舍不得的,是下官犬子贪嘴。"

"你家平素不吃肉吗?"

"吃的,大人,前年春节时割过一斤,特肥。"

"海笔架呀,"胡宗宪心中酸楚,站起来,将他一把拽起,"走,这就跟我胡宗宪开个荤去!"

"大人?"海瑞震惊了。

"不要叫我大人,"胡宗宪盯住他,"你哪一年出生?"

"甲戌年,属狗。"

"我壬申年,属猴,年长你两岁,就叫我哥吧!"

"大人,下官不敢!"

"哈哈哈哈,"胡宗宪大笑起来,"方才一搭话,我就晓得你我是同一个窝里的人!你字汝贤,我字汝贞,你号刚峰,我号梅林,你我的字里都有一个汝字,你我的号更是扯在一起,我的梅林是要长在你这刚峰上的!"

海瑞反倒不安了:"大人,令公子的事……"

"咦,"胡宗宪敛住笑,放开他的手,盯住他,"你晓得他是我的儿子了?"

"晓得。"

"你何时晓得的?"

"收他下牢那辰光。"

"啥?"胡宗宪眼睛大睁,"那辰光你既晓得,为何又将他下入大牢?"

"大人哪,"海瑞拱手,一脸无奈,"如果您是下官,下官是您,下官的儿子在您的辖域里寻衅滋事,恃势蛮横,吊打您的驿丞,且当众向您索要贿赂,而又不肯出示也拿不出他是下官儿子的确切证据,大人您会怎么处置呢?"

"既然他拿不出证据,你怎么就认定他是我胡宗宪的儿子呢?"

"子曰:'有此父斯有此子,人道之常也。'"

"哈哈哈哈,"胡宗宪先是一震,继而再爆一声长笑,一把扯住海瑞的手,"好一个海刚峰,真我兄弟也!走走走,今宵不醉不休！"

胡宗宪安排一餐海鲜大宴，摆下圆桌，抱来两坛绍兴黄酒，请来帐下幕僚兼剿倭军师徐渭作陪，与海瑞分三角坐了。

徐渭字文长，绍兴山阴人，家境坎坷，仕途不顺，二十岁方中秀才，之后屡试未举，渐也死了大比的心，致力于书画诗文，被誉为越中"十子"之一。适逢倭人作乱，窜扰绍兴，徐渭奋起，投笔从戎，在抗倭中屡出奇计，建下奇功。胡宗宪赏识其才，邀他入总督府，破格用作幕僚。是年徐渭三十八岁，正值人生华壮，可谓是春风得意。

望着满桌子的海鲜荤宴，海瑞迟迟不肯动手。

"海刚峰，动手呀，空腹喝酒不利肚子，我仨这先吃个半饱，"胡宗宪动作麻利地剥着一只大青蟹，嘴角努向酒坛，"再让这两坛老酒见底！"

"汝贞兄，"海瑞指着这桌宴席，"这得多少银子？"

"咦？"胡宗宪停住手，盯住他，"吃就是吃，你问银子做啥？"

"不问吃不利索。"

"多少？"胡宗宪看向徐渭。

"在市面上，加上这两坛酒，至多也就三两银子！"徐渭笑道，"不过，这辰光，十两怕也吃不上哩。"

"这三两银子是胡大人自掏腰包吗？"海瑞看向胡宗宪，不依不饶。

胡宗宪再次看向徐渭。

"呵呵呵，"徐渭再笑起来，"刚峰兄，你放心吃就是。时下海禁了，海货市面上买不到，是我们的将士在海边巡守时顺手抓来的，不花钱！"

"成。"海瑞眉开眼笑，拿起一只螃蟹剥起来，动作比胡宗宪还要麻利。

"咦？"胡宗宪瞪大眼睛，"海刚峰，瞧这动作，像是行家哩！你……"

"回禀胡兄，"海瑞将剥好的半只蟹塞进口中，边嚼边说，"在大海之南，就是琼州，这玩意儿打小就吃腻了，三枚铜板能买半箩筐。可在杭州，我打问过，贵得离谱，所以才问价格！"

"汝贤老弟，"胡宗宪却是上心了，盯住海瑞，"听来听去，你对我这个大哥存有成见哩，是何成见，你就直说出来，否则这酒喝不利索！"

"不能算作成见，是江湖传闻，海瑞原本不信，后来信了！"

"是何传闻？"

"既然做你小弟，我就不瞒了，大体是说，汝贞兄好排场，花钱如流水，爱金银奇珍，来礼不拒，公然索贿行贿，多了去了。"

"听你这么说，"胡宗宪搁下大青蟹，"今朝这酒是喝不下去了，咱兄弟这得掰扯清楚。"看向徐渭，"军师，我的家事你也清爽，说给某人。"嘴朝海瑞一努。

"刚峰兄，"徐渭接道，"就渭所闻所见，你方才说的全部属实，胡总督确实明着索贿了。可刚峰兄呀，你想过没有，大明朝廷，有谁敢明目张胆地索贿受贿？只有一人，就是胡大人！胡大人为什么要索贿受贿呢？为什么敢明目张胆地索贿受贿呢？为抗倭。三军未动，粮草先行，刚峰兄身为知县，应该晓得各县各府征收赋税的艰难。这又禁海了，断了商贸的财路，大明国库没钱，远水也不解近渴，而将士们哪一天都要吃饭，都要花费，殉国了还要抚恤，还要制作兵械装备，胡大人这容易吗？官场规矩你是晓得的，向国库交款，谁都会拖，可在权势面前，谁都掏钱麻利。胡总督是深明其道啊！向人索贿，你不讲出排场、亮出威势，人家能给吗？你不张出贪名、扬出欲声，人家敢给吗？"

"行贿呢？"海瑞不依不饶，"说是工部侍郎赵文华巡察抗倭，胡大人鞍前马后，送这送那，照顾得无微不至呢。"

"不照顾能成吗？"徐渭苦笑一声，"朝廷里的事复杂着呢，胡大人拼死拼活，阁老是看不到的，阁老看不到，上皇万岁也就看不到，赵大人随便一句闲言，直接关联到胡大人的福祸，而胡大人的福祸又直接关联到前方将士的生死吉凶。"

"明白了。"海瑞将剥好的螃蟹吃完，伸手又拿一只，"听你这么说，胡公子一路索贿，当也是胡大人的巧妙安排喽？"

"正是。"徐渭顺口应道，"不瞒你说，胡公子一路回来，开心着呢。晓得他为什么开心吗？因为他得到消息，说这三千两银子海大人已经悉数上缴抚衙，马上就解送余姚来了！刚峰兄当还记得那箱子珠宝吗？也由在下安排人带往杭州变现了！"

海瑞惊呆了，沉默良久，扔下手中螃蟹，退后一步，朝胡宗宪缓缓跪下，叩首于地。

"汝贤弟，你几个意思？"胡宗宪盯住他。

"海瑞肤浅，以小人之心度君子之腹，惭愧，惭愧，谨以此礼向贤兄道歉，致敬！"

"你该道歉的是未能当场打他三十大板！"胡宗宪缓缓指向徐渭，"犬子的事，是文长文过饰非，想掩我些家丑。柏奇幼稚，处处学我，可学到的尽是表皮，尽是花拳绣腿，我的真功夫他一丝儿没有感悟。此番清明，我让他返乡祭祖，也是相看两厌了，堪为无奈之举。不承想的是，他竟打着我的名义招摇敛财，幸亏遇到贤弟，让他晓得些长短。这不，你押送他过来，我啥也没说，让他歇足一宵，就打发他再回绩溪了。但愿他此番回去，能记个教训，有所消停。"

见胡宗宪这般坦诚，海瑞真心叹服，起身斟酒。

斟满三杯，海瑞端起一杯，拱手道："冲汝贞兄方才几句，汝贤敬酒一杯，这就干了！"仰脖一饮而尽，端起另一杯，奉送给胡宗宪，自端最后一杯，与他碰过，双双饮尽。

"我文过饰非，自罚一杯！"徐渭笑着，自斟一杯，一饮而尽。

三人皆笑起来。

酒过三巡，海瑞将壶拿过，摆在自己面前，拱手："胡哥，徐弟，今宵我海瑞不醉是不成了。在醉酒之前，我得先把正事说了，免得误事。"

"听说是王本固叫你来的，我也好奇呢。"胡宗宪身子微微后仰，眯起眼，盯住海瑞。

"你听说错了，不是王大人。"海瑞应道。

胡宗宪倾身："何人？"

"汪直。"

胡宗宪、徐渭皆是一惊。

"你……见过汪直？"胡宗宪难以置信。

"还审了他。"

"你与汪直八竿子也打不着，怎么就去审他了？"

"有一竿子打着了，"海瑞慢条斯理，"他给一个淳安人写过一封信，害死那人不说，将他家人也害惨了，那家人不服，告到我这儿，我无奈何，只好到杭州去审他。"

"还有这事儿？"胡宗宪来劲了，"说说。"

海瑞将施会民一案及他赴杭查案及审问汪直的事大约述过，末了拿出汪直的信，双手呈上："这是汪直写给胡兄的信！"

胡宗宪接过，拆开，看一会儿，递给徐渭。

"汪直还托愚弟捎给贤兄两句话，要我转述。"

胡宗宪看向他。

"胡宗宪，明人不做暗事，我汪直不是投降你，而是听信你的承诺。你承诺说，上皇已经允准取缔海禁，开市通商，我信任你，方从倭邦回来，与你谈判如何开市通商，你却背信弃义，袭击我的先期船队，我这赶到，寻你讨个说法，你又支我赶赴杭州，使王本固拘我，这是人干的事吗？"海瑞学得很像，连汪直的语气都模仿到位了，末了接道，"这就是汪直的原话，大体如此。我让他写进信里，他不肯，一定要我亲口转述给你。我应下了。"

胡宗宪长叹一声，二目闭上，两汪泪水缓缓涌出。

"胡大人？"海瑞惊讶了。

胡宗宪擦去泪水，朝海瑞拱手："汝贤弟，为兄……还有个琐事，今宵的酒由文长陪你。有何不解之处，你可问他。"

话音落处，胡宗宪收起汪直的信，缓缓起身，拖着重重的两腿，一步步远去。

第 19 章

军营对局人

"胡大人他……?"海瑞看向徐渭,目光征询。

"吃!"徐渭指着一满桌的海鲜,动手剥起来。

海瑞坐直身子,只将两眼盯住徐渭。

"说吧,汝贤兄,想问什么?"徐渭吃完一只螃蟹,又剥一只。

"就是汪直所捎的话。他……不会是说谎吧?"

"他没有说谎。"

海瑞震惊:"是胡大人骗他了?"

"胡大人没有骗他。"

"可这……"

"甭这了,"徐渭一边咬嚼,一边指示海瑞,"吃吧,待会儿凉透，就走味了！"

"吃不下。"海瑞袖起双手，闭起眼睛。

"你真的这般急切？"

海瑞点头。

"海兄会下棋吗？"

"能走几手。"

"海兄，请跟我来。"

徐渭拿毛巾擦去两手的海鲜渣儿，带海瑞走进他的屋舍，礼让他坐定，摆起棋盘，摆定势子，将一盒白子推过去："海兄为客，请执先！"

海瑞苦笑一声，皱眉："徐弟，棋就免了吧，愚兄实无心思。"

"你想听的，都在这棋局里。落子吧！"徐渭拿出一枚黑子，蓄势待出。

海瑞不明所以，只好摸子，信手点在天元上。徐渭不睬他，紧挨靠近己方的黑色势子立下。海瑞见他这般谨慎，不敢大意，去守自己的势子。徐渭视若不见，挨方才所落之子一路立下。

这一子落得毫无道理，海瑞困惑，守定白方的另一势子。徐渭仍不理睬，一路立到底。海瑞蒙了，盯他一会儿，前往攻击他的另一枚势子，小飞落下。徐渭不应，沿第一枚势子的另一方向垂直立下。海瑞实在看不明白徐渭的下法，但也晓得他这样落子定有深意，便也放胆下去，占据局面的更多要塞。无论海瑞落于何处，徐渭只在他所控制的这个角内落子，一枚枚地落下，直到角落里的每一个空处全部塞满。

当海瑞又在棋盘落下一子时，徐渭袖起手来。

"怎么不下了？"海瑞问道。

"下呀，我弃一步，你走。"徐渭坦然应道。

"为什么要弃这一步？"

"因为我在忙呢，顾不上。"

"你在忙什么呢？"

"炼丹。"

听到"炼丹"二字，海瑞心里如同打开一扇大窗，倏然明亮。海瑞明白，徐渭是在拿这棋局喻当下朝政。盘面是天下。天下如此之大，但大明上皇视而不见，只守自己的一隅。一隅守牢了，炼丹就是最大的事。

海瑞不再落子了，凝眉紧盯局面，良久，抬头看向徐渭："观这局棋，贤弟当是看透时局了。就眼前之事，海瑞有疑，望贤弟指教！"

"指教不敢，海兄请讲！"

"照贤弟方才所言，汪直没有说谎，胡大人也没有坑骗汪直，可事实摆在这儿，只能有一解，要么是汪直说谎，要么是胡大人摆局汪直，汪直中计。"

"这是当下的表象，也正是朝廷期望看到的态势，但不是真相。"

"真相呢？"

徐渭朝棋局努嘴："就在这棋局里。"

海瑞再度凝视局面，苦笑，拱手："甭折磨愚兄了，亮出谜底吧。"

"谜底汪直已经给你了。"徐渭从棋局里收回目光，看向海瑞，"汪直看到了大海，胡大人紧追汪直，也看到了大海。汪直欲以武力迫使上皇开放海市，上皇欲以胡大人剿灭汪直，关闭海市。汪直认定海市一举多赢、利国利民，胡大人也认定海市是一举多赢、利国利民的好事。汪直说服胡大人，胡大人被他说服，但问题是，上皇交给胡大人的使命不是开放海市，而是关闭海市。而要关闭海市，首要剿灭汪直。于是，胡大人与汪直就玩起猫捉耗子的游戏，猫既不能捉到耗子，也不能放纵耗子。捉到耗子，就等于完全关闭海市，于国家长远不利；放纵耗子，猫就获罪于主人，受罚是必然的事。"

"胡大人何不上书上皇，奏明海市利大于弊？"

"上呀，"徐渭苦笑，"最近的上书是在几个月前，上皇允准了，阁老令胡大人与汪直商约通关开市等事宜，汪直这也来了。"

"对呀！汪直来了，为何大人又……"海瑞止住话头。

"因为阁老又来一道密令。"

"你是说……"海瑞眼睛大睁。

"不必说了，"徐渭截住话头，长叹一声，"什么都不必说了。棋局已经下死，假若海兄是胡大人，又能怎么做呢？"

"可这……锅岂不是让胡大人背了？"

"海大人熟读经书，理当记得忠义之道。君子要为国尽忠，舍生赴义，背个锅又算什么呢？"

"有点通透了。"海瑞扳指头梳理，"汪直要求通商，胡兄奏报上皇与倭寇和谈，上皇允准和谈，胡兄告知汪直，汪直来与胡兄商谈，上皇又令胡兄擒拿倭首，胡兄于情于理难以下手，只好托词商谈是抚台的事，使汪直前往杭州。抚台大人或接上旨，或接胡兄密令，但也不想背锅，就推给臬司。难怪二人不肯审他，让我去探虚实。可惜汪直由头至尾被蒙在鼓里，一直在怨怼王大人呢！"

"通透了就好，"徐渭指向他的肚子，"劝你最好让它烂在肚里。"起身，扯起他，"走，我们再喝酒去，胡大人的琐事想必结了，你我合力，灌醉他！"

"成。"

三人果然喝到烂醉，但最终坐地不起的不是胡宗宪，而是海瑞与徐渭。翌日中午，海瑞酒醒辞归，临行前向胡宗宪求请几封汪直写给他的亲笔书信，胡慨然应允。

第 20 章
善恶终有报

在贺城的城防工程上,何算盘可谓是花下血本,不仅邀请到淳安县内建筑设计的大师傅,又从南邻遂安县治狮城请来专门设计城防工程的卢大师,据说狮城改建的两座城门与一段城墙皆出于他手。

何算盘正在账房里与吴仁、卢大师三人审看并敲定几个城门与城墙的测绘与设计草图,驿丞冯楠上来,交给他一封来自杭州的急信,单看字迹就晓得是小妹赵何氏的。

见信封上画的是只喜鹊,何算盘晓得是小妹的喜信,亮给吴仁一下,乐滋滋地塞进抽屉,继续讨论城门的事。城墙的墙址大体确定,下面该是城门。首先是数量,卢大师的建议是修建五座城门为好,因为遂安县治狮城就是五座。遂安与淳安相邻，又都是县治，差别太大不妥。

"卢师傅，"何算盘问道，"城门多少可有依据？"

"依据就是防卫，"卢大师应道，"越是边关，位置越是显要，城门就越少，因为城门不利于防守。但城门过少，就又不利于出行。"

"杭州是十座门，宁波府是六座门。宁波算是边关了吧？"何算盘问道。

"当然，抗倭第一线。"

"宁波为六座，是海防一线，淳安不是一线，就不应少于六座，对不？在下建议定为八座，以方便出行，吴大人，您意下如何？"

"具体几座，等海大人回来吧。"吴仁笑着推托。

"海大人是最后敲定，在交给海大人之前，我们得先定下。"

"成。就八座吧。"吴仁敲定。

"八座太多了，"卢大师指着草图，"贺城东西两侧为湖，后面是山，南面是江，皆成天险，城门多了无益。再说，从造价上讲，修筑城门是最花钱的，花太多不上算。"

"卢师傅呀，"何算盘眉开眼笑，"您是来挣钱的，上算不上算不关您的事儿，难道您是嫌钱多扎手不成？"

"成，"卢大师笑道，"那就加上两道水门！"

"哎哟喂，"何算盘打个响指，"水门好！卢师傅，这事儿定下了，您这忙去！吴大人，您送客，我先给舍妹回封信，待会儿去衙里向您报喜！"

吴仁与卢师傅别过，下楼去了。

何算盘送至楼梯口，返回桌前，拉开抽屉，拆开信，急不可待地读起来："哥，我再告诉你两大喜事：一是祭礼行过了，小妹正式成为老爷的正妻，老爷说，待儿子生出来，他就为我请封淑人，我就跟婆婆是一个封号了；二是如哥所料，海瑞果然闹大了，到抚台王大人处请审倭寇头子汪直，老爷细心，回来问我让不让审，我记得哥说过要让他把事儿闹大，就让审了。对了，倭贼汪直的事儿上次忘说了，这贼让胡大人打败，逃到杭州，在西湖里荡舟时让老爷抓了。听说单凭此功，老爷就能再升一级，你小妹也就可能升格为诰命夫人了……"

不及读完，何算盘两眼发直，呆若木鸡，手中的信件滑落地上。

何算盘猛地回神，惨叫一声"我的小祖奶奶哟"，捡起小妹的信，跌跌撞撞地跑下楼去，吩咐家仆套起驷马大车，急如星火地赶往杭州，抵达臬台府时已是次日傍黑。

"哥，你来了！"赵何氏惊喜交集。

"有个急事儿！"何算盘开门见山。

"啥事儿？"

"海瑞的事。"何算盘拿出赵何氏的信，"你说海瑞审汪直了，他不会是一个人审的吧？"

"一个人哪能审哩？"赵何氏笑了，"听老爷说过审案的事，必须得有主审、副审、刑吏、书吏等，否则就不叫审案。"

"你问一下，刑吏、书吏是谁，我问他个事儿。"

"这个得问老爷。"赵何氏起身,"我寻他去。"

"不要惊动他了,我就问个细节,没别的事儿。对了,你叫管家来,打听一下就成了。"

赵何氏召来管家,吩咐几句,不消半个时辰,管家带来一人,正是海瑞审问汪直时负责记录供词的书吏谢诚。

"阿妹,"何算盘起身,对赵何氏道,"我带官人到客房里去,问他几个细节。"

"成。"赵何氏笑道,"我吩咐备菜了,待会儿叫老爷陪你喝几盅。"转对那书吏,指着何算盘,"这是我哥,你当叫舅爷,舅爷有事体问你,你好好侍候!"

谢诚哈腰应了。

何算盘将谢诚带到管家为他安排好的客房里,早有仆从掌上灯,房间里一片通明。

"请坐,"何算盘一脸是笑,"官人贵姓?"

"谢舅爷关心,小人免贵,姓谢,叫谢诚。"谢诚心里忐忑,小心应对。

"我就叫你谢官人了。"何算盘笑道,"听说海大人审倭贼汪直时,是你在场记录?"

"是哩,小人记录。"

"能说说海瑞是哪能个审他的吗?"

"审好久哩,我差点儿记不过来,手都写麻了。"

"都审啥了?"

"大体上是汪贼在说,说他不想与朝廷为敌,说他只是想做

251

生意，总归一句话，是向朝廷说软话。"

"有没有提到淳安的事儿，就是施会民的案子？"

"海大人就是为这事儿审他的。海大人拿出一封书信让汪贼看，汪贼看过，大笑说这信不是他写的，字迹、签名、行文都不是，说他根本不认识施会民，尤其是后面多出来一个手印，汪直说，他写信从不用手印，还伸出十指，说这印合上哪根手指，就让海大人将那根手指剁了去。具体他们说啥，我都记在供词里了，舅爷想看，审他们的供词就是！"

"那……"何算盘的身子连晃几晃，勉强定住，"供词呢？"

"签押之后，海大人拿走了，这辰光该当归于档中了吧。"

"档在哪儿？"何算盘急不可待。

"在档案科。"

"快，快带我去！"

"天早黑了，没人当值。舅爷明天直接去档案科，调出来查看就是！"

"什么当值不当值的？"何算盘脸色变了，"我有急事体，你马上去寻那当值的，叫他来此见我，若是来得迟了，看我——"故意顿住话头。

谢诚吓得打个哆嗦，急急退出。过有小半个时辰，谢诚与档案科经承急赶过来，那经承手里提着一袋子档案，还有借阅登记的册子。

何算盘急不可待地翻看档案，见最重要的物证——汪直的信，不在其中。

"信呢？那供词呢？"

"回舅爷的话，"档案科经承拱手应道，"那信并相关证物，由海大人借走了，说是涉及淳安县一宗案子，待审明之后归还。此番汪直的供词尚未入档，仍在海大人处。"

"你……你们……"何算盘手指二人，身体颤抖，话没说完，突然间两眼一黑，栽倒在地。

臬台府里乱作一团。

就在何算盘两眼一黑时，海瑞一路风尘地驰回淳安，将马匹交给驿站，徒步走回衙门。路过主簿房，见窗里的灯亮着，海瑞敲三下门，不及应对，头前走向西华厅。

罗元济听出脚步，晓得是海瑞回来了，端着他的油灯跟在后面，待海瑞开过门，跟进去，将海瑞的油灯燃着。

房间里燃起两盏灯，瞬间亮堂许多。

"我去趟茅房，你寻阿德，让他热碗米饭，不用炒菜，弄碟子咸菜就成！"海瑞放下行李袋，脚步匆匆地走向东华厅南侧靠近花园处的茅房。

待海瑞回来，罗元济也已安排妥当，坐在厅中了。

"观大人气色，事儿妥了？"罗元济笑道。

"妥了，全都妥了，"海瑞应道，"得亏你的青川兄弟，帮下大忙哩！"将带回来的行李袋解开，拿出相关证物，一一摊在几案上。

罗元济逐一审过，竖个拇指："齐了，施家的案子可以翻了。"

"关键是确定奸贼，这封伪信是啥人写的。"

"这个简单，"罗元济笑道，"施家的财产在谁手里，就当是谁。"

"你是说，何常？"

"除了算盘，在淳安县，谁也没有这么大的胆子。"

"嘿，我还琢磨是胡振威的手脚呢。"

"振威与算盘是一条藤上的。"

"还有吴仁，也在这条藤上。"海瑞指向施柳氏的两份不同供词，"证据是这两份供词！"

"海大人，啥辰光开审？"

"明朝吧，免得夜长梦多！"

"明天不成，"罗元济应道，"何算盘昨日去杭州，还有振威，迄今没回来呢。"

"振威不急，先抓捕何常！"

次日升堂，海瑞免除李捕头的捕头职分，命钱春来接任，着他带人前往杭州，持海瑞令缉捕何常。

五日过后，钱春来将何常押回，人已疯了。

"怎么疯的？"海瑞震惊。

"不晓得呢，"钱春来说道，"我们赶到臬台府，禀明事务，没过多久，就有人将何常交给我们。见到他时，人已疯了。我打问门房，说何舅爷是来杭州的当晚发疯的，拿锤子把大拇指砸得稀烂，还叽里咕噜地不知说些啥，任谁也拦不住。赵大人请人诊过,说是迷心疯。赵大人大概生他的气了,见有老爷捕令,就让我们押他回来。"

在何常归案的次日,李捕头带着一船绍兴干货回到淳安,惊闻变故,当即效法胡振威,拿绳子自行绑了,插上三根荆条入见海瑞。从李捕头口中得知胡振威先行一步护送胡公子,海瑞又令钱春来带捕卒赶赴绩溪。

在李捕头回来的当晚,吴仁一步一挪地走进海瑞的西华厅。

海瑞看到他了,在他转进内宅的大门时就已看见他了,只是没有像之前那样迎出户外,甚至屁股压根儿就没有离开座位,只是平静地看着他一步一步走近。

吴仁没有穿官袍,穿的是他中举时所穿的长衫。

吴仁迈进厅门,走到海瑞跟前,扑地跪下,没有说话。

海瑞静静地望着他,也没有说话。自入淳安,两人就在角力,但在今晚,胜负分出了,一方败得很惨。

"吴仁,"海瑞说话了,直呼其名,"你为何跪在这儿?"

"海大人,我错了!"吴仁声音里带着哭腔。

"说说,你怎么错了?"

"我……"吴仁略作迟疑,"我不该听信何常,袒护何常,更被何常左右,做下不少糊涂事。"

"你都做下什么糊涂事了?"

"我也不知,但我知道,凡是何常做下的,我都脱不了干系。"

"何常犯的是死罪,你可晓得?"

"啊？"吴仁震惊了，"他……犯何死罪？"

"伪作汪直书信，陷害施会民一家，致使施会民被枉杀，其妻女被罚入贱籍，受尽人间欺辱，之后是谋夺施家财产，占为己有，再后是行贿官吏，把持县政，你不会都不知吧？"

"天哪！"吴仁崩溃了，"海大人，我……我是真的不知呀，那汪直的信……是假的？"

"我晓得你不知情，还有胡振威，他应该也不知情！"

"谢大人明鉴！"吴仁连连叩首，"吴仁知错矣！"

"唉，吴仁呀，"海瑞长叹一声，"你不只是错，你已涉嫌犯罪！"

"啊？"吴仁话都说不囫囵了，"大……大人，我……犯何……何罪了？"

"你涉嫌之罪有三，"海瑞接道，"其一，你与胡振威审讯施柳氏，却又冒名前知县罗大人，盖上罗大人的县授，涉嫌僭越……"

"冤枉啊，海大人，"吴仁急了，"是……是罗大人审的，不……不关下官……不……吴仁的事啊，吴仁只是襄……襄助……"

"吴仁，"海瑞语气转冷，"事已至此，你还推诿？"

"我……"吴仁颤抖了。

"我审过施柳氏，据施柳氏所说，审讯她的只有你与胡振威，没有罗大人。另外，我核过案宗上的日期，记载的是前年三月初七，与施柳氏所说的日期吻合，而罗大人早在二月初就已挂印丁忧!"

吴仁的头勾下去:"吴……吴仁知……知罪……"

"这不算大罪,"海瑞接道,"你的大罪是,你与胡振威私扣施柳氏的供词。据施柳氏所述,她共签押两份供词,而我在施氏案宗里只看到一份,另一份,关于施柳氏舍身倭寇、保全淳安的壮举,不见了!"

"天哪,"吴仁惊呆了,"我……我都交上去了呀,两份供词我全都交上去了呀!"

"吴仁,这个你在公堂上辩明,可作供词。你还涉嫌一宗罪,想知道吗?"

"啥……啥罪?"

"贱卖施家财产!"

"这……这都是何……何……苍天哪……"吴仁号啕大哭。

哭声引进来罗元济。

罗元济早就站在门外了。

罗元济走进门,目光盯在海瑞身上,良久,表情复杂地叹出一声,轻轻扯起吴仁的胳膊,搀扶他走向他的县丞房。

是夜,吴仁没有离开他的县丞房。黎明时分,随着一声响动,吴仁自挂于房梁,穿着他中举时的长衫。

三个月后,刑部下发施案复审的最终判决,大意是,施会民通倭罪因证据不实予以撤销,已经抄没的施家财产予以返还,施柳氏母女予以撤销贱籍,恢复平民身份;淳安人何常伪造证据、吞没受害人财产、行贿官吏、把持县政等,数罪并罚,判处斩刑，因罪犯已成疯人，改斩刑为斩监候，入狱服刑，其财产予以抄没；淳安县典史胡振威犯隐瞒供词罪、伙同何常吞并施家财产罪、受贿行贿罪、贪赃枉法罪等，数罪并罚，判处流放岭南琼州，其财产予以抄没。

刑部的判决书里，没有涉及淳安县丞吴仁。

在判决下来的第三日，捕头钱春来引着通身素服的施柳氏母女拐向仪门西侧的小道，而后拐向正南，在县狱大门前停下。

施柳氏挎着一只竹篮，篮上盖着一层白布。

狱门的眉额上面刻着"淳安县狱"四字，有些年头了。狱门不大，严格说来是一堵高约丈五的厚墙，墙里开着丈许的方洞，方洞里镶着门框，门框里安着两扇厚重的大门，通常上着锁，与高墙一并构成县狱的庄严门面。

大门右侧有道小门，通常也是关着的。小门的旁侧是门房，值守门房的是两个狱卒，在一天的大部分时间里无所事事地坐在凳上，只在有人巡看时，方才急惶惶地站起，直直地竖在门外，再将一杆带缨子的长枪掭在手里。

见是施柳氏母女，其中一个狱卒迈过脸去。

"老李，"钱春来拉长声音，"栖凤楼掌柜施柳氏探看算盘，交给你了！"

话音落处，钱春来别过施柳氏，转身走了。

迈过脸去的狱卒无法再躲，只得转过脸，朝施柳氏深鞠一躬。

"咦，"施亚丁盯他一会儿，"这不是李捕头吗？"

"我早不是捕头了，叫我坤一。"李坤一尴尬一笑，伸手礼让，"掌柜的，施小姐，二位请！"

施柳氏回他个笑，摸出两块银角子，一人塞去一块。

李捕头收起角子，引领二人进去。监狱不大，打总儿也就十来间牢房，近些日大多空着。李捕头引她们走到最里厢一间牢房，扭开牢门，朝里面一指，守在门外。

施柳氏母女款款走向何常。

何常却如没有看到她们，只坐在地上，眼睛半闭着，嘴里喃喃自语，九根手指不停地在身前拨拉着什么。

看到他的这副怪样，施亚丁不敢再向前。

牢房里脏乎乎的，施柳氏却没嫌弃，正正衣襟，在何常前面席地坐下，盯住他看。

何算盘视若无睹，顾自闭眼，两手依旧在胸前不停地拨拉着，嘴里呢喃什么。

"算盘！"施柳氏出声了。

何常置若罔闻，顾自拨拉。

"你看看这是什么？"施柳氏放下挎着的篮子，掀开白布，拿出一只黑色算盘，在他面前抖动几下。

听到算盘珠子发出的哗啦啦声响，何算盘的眼睛睁开了，眼神发亮了，眨也不眨地盯住她，好像她是一个怪物。

"算盘，"施柳氏接道，"过去的事，就都过去了。这把算盘是你的，放在我的桌上不合适，今朝带来还你，你慢慢算吧！"

施柳氏将算盘递给何常。

不待施柳氏松手，何常以迅雷不及掩耳之势，一把将算盘攫去，再不看施柳氏一眼，一手握牢算盘，另一手如飞般将算珠子拨拉得上下翻飞。

施柳氏也不睬他，将篮中的其他物什一一掏出，齐整地摆在他面前。

是她亲手做出的各色糕点。

见何常完全沉醉在他的算盘里，施柳氏长叹一声，站起来，提起篮子，挽起施亚丁，走出牢房。

走到大门外面，施柳氏将那只空篮子随手扔在草丛里，头也不回地走出了县狱。

时入仲夏，天气炎热。

更热的是淳安县衙内宅，一场别开生面的喜庆正在内堂举办。没有摆桌子，没有上菜肴，整个中堂空荡荡的，堂案上摆着海瑞父亲海瀚的遗像与牌位，牌位前面摆着一把大椅子，椅子里坐着海谢氏，怀中抱着她刚好满月的二孙子海中亮。

海瑞坐在海谢氏左侧，海王氏坐在海谢氏右侧，跟前立着海中砥。

中堂的正中，进门约两步处摆着一张琴桌，琴桌前面是一块坐垫。

一切准备就绪，阿德击掌三声，海中椒抱着她的老琴，从她的闺房里款款走过来。

海中椒跨过房门，将琴摆好，在垫上跪下，朝正堂行过三拜大礼，看向海谢氏，半是哽咽："奶奶，您是我的亲奶奶，之蕉……不懂事，之蕉不孝，之蕉一直惹您生气，之蕉……之蕉这给奶奶道歉，之蕉从今往后再不惹奶奶生气了，之蕉……"

"好孙女呀，你快起来，快起来，快给奶奶弹一曲，今朝是你二弟满月，大喜日子，你甭哭，你爸说你要为你二弟弹支曲子，奶奶高兴坏了，你这么久没回来，奶奶想你哩……"海谢氏急得要站起来，被海瑞按住。

"妈，"海中椒擦去泪，朝海王氏也磕一头，"从今天起始，您就跟我亲妈一样！"

"好闺女呀，妈……"海王氏抹起泪来。

海中椒看向海瑞，久久地凝视他。

"孩子，弹吧，弹出你的心，弹给你奶奶，弹给你的两个妈，弹给你的两个弟，弹给你阿德叔，也弹给你爸！"海瑞轻声鼓励。

"阿爸，我要对你说句话！"海中椒没有磕头，只是凝视他，"中椒有昨天，是您给的，中椒有今天，也是您给的。这半年里，我跟着您让我拜的师父学到好多，我……"泪水再出，"我之前太过分了，太任性了，我……也看得太近了，是师父……"擦泪，在琴前坐定，"奶奶，阿妈，阿爸，阿弟，还有你，阿德叔，我为你们弹个曲子，是我自己谱的！"

海中椒抚琴，缓缓弹奏。

琴声轻盈、欢快，一如这满院掠过的夏天的风，再没有呜呜咽咽。

海中椒一曲弹完，院中响起击掌声，两个人走进来。

是县教谕林兆南与新任县丞罗元济。

"老安人，安人，元济我俩贺喜了！"罗元济朝海谢氏、海王氏各鞠一躬，转对林兆南，"兆南兄，你说！"

林兆南笑吟吟地鞠一大躬，快要接地的那种："海大人，独乐乐，莫若与民乐乐。栖凤楼掌柜施柳氏听闻今朝是二少爷满月大喜，特别邀约杨家乐坊在城隍庙外的庙会场上演大戏三天，全都备好了，远近百姓闻声皆来，半条街挤爆了呢。"

"这这这……这怎么能成？"海瑞急了，"犬子满月，何能惊动百姓？"

"呵呵呵，"罗元济笑着接道，"也不全为令公子贺喜！"

"哦？"

"施掌柜要趁这戏会，与其女儿施亚丁祭拜城隍，将她家的财产捐给淳安百姓，用于修城筑池，使淳安再不受倭寇之辱！"

"烈女子也！"海瑞慨叹一句，一手抱起海中砥，一手搀扶海谢氏，笑道，"阿妈，抱上您的二孙子，看大戏！"

"去去去，"海谢氏嗔他一眼，抱牢二孙子，"我这宝贝孙子刚过月呢，经不得风！"

众人皆笑。

城隍庙外人头攒动，锣鼓声声，杨家乐坊全员上阵，一场大戏正在上演。

城隍庙的主殿里，施柳氏、施亚丁素衣裹身，不无虔诚地跪在代表贺城这方土地的城隍爷泥塑前面，双手合十，手上各握三炷香。

道长撞过三下钟，拿着一个小火把走过来。施柳氏、施亚丁各将手中的香伸向火把，燃好，起身，插在城隍爷前面的大香炉里。

见六炷香稳稳地立在香灰里，炷炷皆冒青烟，施柳氏、施亚丁各自退后一步，重又跪在蒲团上，行叩拜大礼。

大礼行毕，施柳氏闭起两眼，正要宣誓，门口传来一个声音："阿姨！"

施柳氏、施亚丁回头，赫然看到当门立着二人，一是海瑞，一是海中椒。门外，在他们的身后，依序又立二人，是罗元济与林兆南。

"阿姐——"施亚丁起身跑过来，一把拉住海中椒。

"海大人，"施柳氏也站起来，朝海瑞深深一揖，"民女施柳氏有礼了！"

"施柳氏，你们的誓愿可都诉给城隍爷了？"海瑞开门见山。

"正要诉说。"

"在诉说之前，能否听海瑞说几句？"

"大人请讲！"

海瑞引她走向偏殿，罗元济、林兆南也跟过来，在几把椅子上依序坐定。海瑞起身，又招呼施亚丁与海中椒过来。没有座位了，施亚丁二人就站在施柳氏身后。

"施柳氏，施亚丁，"海瑞朝施柳氏拱个手，指向罗元济二人，缓缓说道，"听二位大人说，你们母女今朝要向城隍爷誓愿，欲将何常归还的所有家财捐给这方土地，以修城布防，抗拒倭人，可是真的？"

"是真的，这是我与亚丁的共同誓愿！"施柳氏将手放在心窝上，语气真诚。

"捐献之后，你们母女有何打算？"

"回福建去。亚丁她阿公、奶奶，还有两个阿舅，都想让我们回去。"

"二位的义举，作为这方土地的生民，我深表感谢。但作为这方土地的知县，我不同意，劝二位不要捐献！"

"大人？"施柳氏怔了。

"施柳氏，亚丁，还有二位大人，"海瑞语气凝重，"在杭州审过汪直，海瑞方知什么叫天高海阔；在余姚见过胡大人，海瑞方知什么叫忍辱负重。回淳安之后，海瑞时常睡不踏实，食不知味。何以睡不踏实？为国人的夜郎之志。何以食不知味？为时下的民生之苦。可天下太大了，海瑞耳目不及，只能望洋兴叹。生民太苦了，海瑞能力有限，只能徒唤奈何。"

海瑞这段没头没脑的独白让所有人蒙了，即使罗元济也一脸茫然。

"然而，"海瑞陡然握拳，"在淳安，在我海瑞所辖制的这方土地上，我不能望洋兴叹，更不能徒唤奈何！我海瑞，还有诸位，既然有缘聚会于这方土地，就要为这方土地做些什么。

做些什么呢？就两件事，一是放眼于淳安之外；二是着力于淳安之内。"

依旧是没头没脑的话，几人越发蒙了，面面相觑。

"也就是说，"海瑞打个手势，"我们身在淳安，不能只盯住淳安，要看到淳安之外的天地。"指向施柳氏，"施家就做到了。放眼于淳安之外，就是开车船出去，与南来北往的人做生意；着力于淳安之内，就是组织淳安民众，让他们生产丝绸、茶叶、农货，勤劳致富。淳安多山地，不是产粮区，土地宝贵，一年所出，足食可矣，若再上交皇粮，就得挨上几个月的饿。可皇粮不能不交。怎么办呢？利用农闲发展副业，可植桑养蚕，可刺绣织绸，可种茶制瓷，再经由商贸变作金钱，以金钱抵粮，上缴国库！"

绕来绕去，原来是在肯定施家的生意。几人无不释然，紧绷的面皮各自松和下来。

"施掌柜，还有亚丁，"海瑞的目光转向她们，"这就是我叫你们暂不宣誓的原因。你们将财产全都捐给官府了，叫我们咋办？"指向罗元济、林兆南，又指向自己，笑了，"术业有专攻，你这看看，我们这些书呆子，有哪一个是做生意的料？你们一捐了事，再一拍屁股走人，让我们拿着你家的宝贝喝西北风呀！"

几人皆笑起来。

"大人？"施柳氏轻声探问道。

"甭大人了！"海瑞指指天，又指指地，"这儿是城隍爷的地盘，城隍爷是管风水的，风水为财，有财才能养民。风水是要流动的，不能滞死。能让淳安这池子风水流动起来的，是你们施家，不是何算盘，也不是衙门里的官僚。至于修城筑防，养兵卫国，需要的是活钱，不是死钱。你们把财产捐献出来，是死钱。捐献出来了，就是政府的公产，而公产不会有人珍惜。我们这些人，无不是走马的官，今天在淳安，明天就到别的地方，任谁主政淳安，府中的钱皆是死钱，皆与他无关，有了多花，没有了少花。产业只有是你们的，只有在你们手里，才能得到珍惜，才能营运起来。也只有营运起来，才能变成活钱。海瑞是以劝你们不要捐献，更不要离开淳安，好好做生意，让你们的船桨重新荡起来，让你们的车轮重新转起来，让你们的算盘重新响起来，让淳安的所有百姓重新动起来，该种桑的种桑，该织机的织机，该收茶的收茶，该烧窑的烧窑。我海瑞，还有元济、兆南等，在淳安一日，就为你们保驾护航一日。只有你们富起来了，我们的日子才能好过，"指着元济说，"他负责收税，"指向兆南，"他负责育人，我就盯住他俩，甭让他们把路走歪了！"

几人皆笑起来。

"海大人，我们懂了！"施柳氏拉过施亚丁与海中椒，朝海瑞深鞠一躬，"我们娘儿仨的昨天已经过去，今天是您给的，您让我们做什么，我们就去做什么，这就去告祭城隍，重新经营商号，把生意做起来！"

施柳氏拉上施亚丁与海中椒，再度走回大殿。

听着她们的脚步声远去，海瑞看向罗元济："元济兄，说是何算盘聘请的那个卢大师来了，人呢？"

"在按察分司署里，正与几个师傅磋商城门方案。"

"磋出个名堂没？"

"说是去掉两道水门，只设六座城门。"

"走，听听去！"

（完）

2022 年 10 月 28 日

二稿于海口观澜湖寒舍